Ferdinando Paolieri

Novelle agrodolci

© 2023 Culturea Editions

Texte et illustration de couverture : © domaine public
Edition : Culturea (Hérault, 34)
Contact : infos@culturea.fr
Retrouvez notre catalogue sur http://culturea.fr
Imprimé en Allemagne par Books on Demand
Design typographique : Derek Murphy
Layout : Reedsy (https://reedsy.com/)

Dépôt légal : janvier 2023
Tous droits réservés pour tous pays

ISBN : 9791041840946

STORIELLA STUPIDA DI VITA COTIDIANA

S'erano avvicinati per quel fascino simpatico il quale non ha spiegazione che nella probabilità di leggi oscure da cui sono regolati tutti i movimenti dell'universo.

La giovinetta che coglieva fragole e lamponi avvolgendosi tra il verde della boscaglia tutto illuminato dagli occhi d'oro del sole e dal traforo azzurro dei rami e delle frasche, aveva visto il pittore curvo sul suo lavoro e gli s'era messa alle spalle, in silenzio.

Poi il cuore aveva traboccato dai labbri.

Dopo un'ora già erano amici e scuoprivano. con lieto stupore, la meravigliosa identità delle loro vedute, del reciproco senso della vita e di quell'arte che l'avviva e la rende sopportabile, piacevole, bella, alle creature elette a cui la bontà viene largita, come un dono conseguente e necessario, dalla gioia.

L'intuizione d'un colore, il raffronto tra esso colore e una nota musicale ridestava in entrambi la medesima esplosione di felicità. Ne seguì un colloquio immediato e strano di cui il significato sarebbe stato, certamente, incomprensibie ai profani, come ai primi esploratori il linguaggio gutturale degli indigeni di Tomboctù.

- Quell'ombra violetta mette una nota fredda così simpatica fra quegli smeraldi....

- E accanto, quei tronchi di lacca....

- E sopra, quel triangolo di cobalto.

- E in primo piano quel tritume secco, tutto color d'oro spento....

- Già, è la nota che sento cantare più alta....

- Oro tra rubini e topazii....

- Proprio. Uno squillo d'oro fra tòni freddi, ma puri....

La tavoletta con l'impressione violetta, cobaltina e d'oro, giaceva colla cassetta al piede d'un tronco di pino, fra le barbe enormi simili a tentacoli irrigiditi, e lottava coraggiosamente col tumulto sinfonico circostante nel quale si mescevano, rutilando e mandando scintille, sprazzi iridati di pietre preziose.

Una capinera venne, d'un volettino fremente, a posarsi sulla cima della conifera e gorgheggiò, con insolenza: Bene mio! bene mio!...

Quel trillo fece sentire ai due il silenzio e dal silenzio balzò, a un tratto, il rammarico del ruscello, in fondo alla ragnaia di felci e corbezzoli, che pareva sbaciucchiare i sassi, gemendo invisibile.

Poi le cicale, dopo una sosta fatta quasi per vedere ciò che avvenisse, ripresero inebbriate a sbattersi qua e là, nella gran luce ronzante d'ali e di pòlline, e il canto dell'esistenza travolse tutto, come il crescendo d'una sinfonia sgorgante all'infinito da qualche orchestra prodigiosa.

Ora i due giovani non parlavano più.

Pareva avessero paura di non potere udire le proprie parole e le teste si avvicinarono insensibilmente, perchè divenisse più manifesto il linguaggio degli occhi.

E l'uccellino, su in alto, tra gli aghi lucenti della conifera, trillò di nuovo: Bene mio!...

Le bocche s'erano incontrate e congiunte.

Dopo il bacio, il bosco ripiombò nel silenzio, o, per lo meno, i due amanti non sentirono più la melodia sonora che riempiva il bosco scuotendolo come un gran cembalo d'argento.

Le parole tornarono ad affiorare sulle bocche umide e furono parole di paura, domande volgari, di vita triste e uniforme, consueta....

Lui disse di sè, chi era, come viveva, giorno per giorno, ora per ora, calmando la fame coi frutti dei campi, senza pensare all'inverno.

Lei raccontò di suo padre che stava alla testa di una immensa cartiera, sempre in viaggio, senza vedere i luoghi per dove passava, intento soltanto a procacciarsi guadagni, sognando un genero capace di chiudersi come lui in uno studio gelido, tutto tappezzato di campioni di carta, sedendo a una grande scrivania di noce davanti a grossi registri pieni di cifre.

Egli aggiunse di sapere che a inverno avrebbe dovuto sguazzare nella neve, passando di fronte a palazzi colle finestre illuminate, sui cui davanzali i passerotti smarriti picchiavano col becco nei vetri, gonfiando, per riscaldarsi, le piume del petto, e domandando una briciola di pane.

Lei accennò, in terra, a una lunga riga di formicole nere le quali, senza posa, inceppate da ostacoli inverosimili, sassi e fili d'erba che evitavano, girandovi intorno faticosamente, trascinavano con fatica chicchi di grano e larve d'insetti venti volte più grossi di ciascuna di loro.

- Odio le formicole! - disse.

- Esse non hanno mai un'ora di gioia! - rispose lui.

- Già!... l'inverno mangiano, al buio, come in sogno, i tesori che hanno accumulato l'estate, mentre tutti gli altri animali s'abbandonano al piacere.

- A chi gode, veramente, anche un'ora sola, non rimane più nulla da desiderare.

Tacquero; davanti a loro s'apriva il fondo violetto del bosco e ognuno vi scorgeva delinearsi la visione del futuro.

Lui vedeva una strada interminabile, sotto un cielo livido d'uragani, e lungo la strada la gente lo additava per vagabondo e lo rincorreva coi bastoni, mentre i cani abbaiavano.

Lei vedeva una casa bellissima, ma triste, dove i giorni si succedevano lenti fino alla sera quando uno sconosciuto sarebbe tornato, come suo padre accigliato, nervoso, disfatto, mangiando in silenzio e andando poi a letto, lasciandola piangere.

Lui disse tristamente:

- Bisognerebbe che non ci fosse l'inverno....

- È a causa dell'inverno, - rispose lei, - che la gente s'affatica tanto.

- Eppure riprese lui, se chi ha tutto lasciasse tutto per correr dietro a quel poco che non può avere e che formerebbe la sua felicità, avrebbe risoluto il problema.

- È vero, - rispose la giovinetta - ma.... e se chi non ha nulla s'adattasse alla tristezza della formicola per aver tutto?

- Allora quello che avesse lasciato tutto non troverebbe più la felicità perchè la felicità forse è riserbata a chi non ha nulla.

- E una volta analizzato il sogno, che cosa si sognerebbe? La felicità sta forse nel concepirla, ciascuno a modo suo, e nel cercarla sempre senza poterla raggiungere, mai....

Tacquero.

Lui raccattava il panchetto, lo piegava, l'appoggiava contro una pianta, infilava l'impressione nel portastudî, chiudeva la cassetta, si disponeva a partire.

Lei cercava d'allontanarsi cercando fragole e lamponi salvatici tra le felci.

A un tratto si fermò e disse:

- Io credo che ognuno abbia il suo destino segnato.

Egli rispose gravemente:

- Per distaccarsi dal proprio destino non c'è che morire.

Lei tornò addietro e guardò a lungo, gingillandosi macchinalmente con un fascio di erbe silvestri strappate a caso nel cercare i lamponi, quel bel giovine dall'aspetto stanco e un po' strano, da cui s'era lasciata baciare.

Lui avrebbe voluto andarsene e sentiva che ancora non gli riusciva.

Finalmente, dopo qualche istante d'imbarazzante silenzio la giovinetta chiese con un filo di voce: E se io mi ribellassi al mio destino? Se io, veramente, facessi quello che nessuno osa fare, quello che, forse, soltanto una donna può osare? se io lasciassi tutto per avere la felicità?

- La felicità? come? dov'è, per voi, la felicità?

- Nell'amore.... - Rispose la fanciulla e volse il capo altrove, arrossendo.

Il pittore ebbe un impulso istintivo verso di lei, la sua faccia si colorì vivamente, la mano che impugnava la cassetta e il panchetto li lasciò cascare sull'erba umida; ma quasi subito egli si contenne, il suo sguardo divenne duro, la bocca beffarda.

- No! - rispose con forza, - se io fossi un uomo come tutti gli altri vi avrei già ripresa tra le mie braccia, ma io sono un poeta, e non posso agire come i miei dissimili. Io leggo nel libro della vita, con grande limpidezza, e so comprendere quel che vi è scritto... I nostri destini sono incrociati, i loro vertici non potranno mai toccarsi. Non mi capite? State bene attenta e mi darete ragione. Voi siete nata per possedere il dolore attraverso la felicità: all'apice del benessere, mancherete sempre di qualche cosa. Io nacqui per possedere la felicità attraverso il dolore; nel colmo della sventura, quando tutto mi mancherà, avrò sempre la gioia. La mia gioia è nella libertà, nell'indipendenza assoluta, nel sentirmi fratello del sole, del vento, delle piante, degli uccelli, del cielo....

«Se, per aver voi, rinunciassi a tutto questo, diventerei cupo, taciturno, disperato, diverrei «un uomo» come tutti gli altri e allora voi, che vi siete incapricciata di me perchè le stesse vostre ricchezze vi ostacolano il mio possesso, una volta sazia, vedendomi divenuto uguale a tutti gli altri, avreste orrore di me.... Io potrei baciarvi, ora, mentre vi offrite così, inconsideratamente alle mie labbra. Non lo farò! Dopo il bacio s'impone il distacco, come dopo la gioia il dolore; bisogna vivere di desiderio per esser felici; tentar di soddisfare le nostre aspirazioni è uccidere l'ideale, per cui soltanto l'intelligenza vive.

- Ma voi siete uno spaventevole egoista! mi fate pietà!

- Parole! io vivo nel più meraviglioso dei castelli, perchè ad ogni mio passo cambia d'aspetto, e l'amore per me è parola di sapore eterno perchè lo inseguo sempre senza raggiungerlo mai. Addio.

Il giovine dall'aspetto stanco e un po' strano, si dette una ravviata ai capelli con mano nervosa e, raccolti il panchetto e la cassetta si perdè nel folto con passo orgoglioso, come un Don Giovanni spagnolo dopo qualche grande conquista, certo d'aver fatto un gran bel gesto e, sopra tutto, originale.

Ma la ragazza, livida di vergogna e di rabbia, rifece la strada, fra il tripudio primaverile della boscaglia, strappando nervosamente fiori selvatici ed erbe agresti, avvilita e delusa, finchè di sopra una quercia il trillo insolente la sorprese di nuovo, come lo squillo improvviso di un campanello impertinente.

- Bene mio! bene mio!

- Bene mio! - rispose questa volta un'altra voce vibrante come una laminetta d'argento.

E sulla testa della fanciulla, due capinere, maschio e femmina, si unirono coi beccucci color di rosa, perdutamente, e perdutamente, riunendosi e lasciandosi in un fremito d'ali continuo e voluttuoso, si alzarono a volo e dileguarono nell'azzurro.

Essa li seguì, con lo sguardo, finchè potè vederli; poi, ripigliando la strada e ricominciando a strappar fili d'erba lungo il sentiero cacciò un sospiro e concluse dentro di sè come la cosa più sciocca, più futile e perniciosa che abbiano inventato gli uomini, sia appunto quella manìa di ragionare la quale, pur troppo! li distingue, con tanto svantaggio, dagli animali.

Se però, poi, qualche lettore curioso volesse conoscere la fine di questa stupidissima storia, sono in grado di fargli noto che le capinere vennero uccise da un cacciatore, naturalmente prosaico fino all'idiozia, il quale le mangiò in *salmì* ben rosolate, che il pittore morì in manicomio dopo avere scritto un «Trattato sul vero modo d'esser felici» e che la signorina sposò un giovane industriale, forte, sano, robusto, ebbe parecchi figli e non tradì mai suo marito, neppur col pensiero.

GENTE D'ALTRI TEMPI.

Quand'ero ragazzo sentivo sempre vantare, come mostri di coraggio, di bellezza, di forza «gli uomini d'altri tempi».

In campagna specialmente, uno non era padrone di accusare un po' di malessere, un dolor di capo, una trafitta al piede, che cento persone gli saltavano addosso umiliandolo a furia di confronti, riducendolo in uno stato da far pietà a forza di portargli per esempio la salute, la bellezza, il coraggio degli «uomini d'altri tempi».

E i vecchi erano i più accaniti.

A sentir loro non avevano mai avuto un incomodo e, se erano arrivati a quell'età lo dovevano a un monte di precauzioni che oggi non si usano più. Loro avevano mangiato cibi sani, avevan bevuto vini non artefatti, s'eran sempre levati all'alba ed erano andati a letto a calata di sole, s'erano vestiti di lana, non avevano mai straviziato e via dicendo!

Certi discorsi mi lasciavano profondamente ammirato ed entusiasta ed avrei pagato chi sa che cosa per conoscere qualche campione di codesta razza il quale fosse stato, per avventura, ancor vivo.

Ma invece mi toccava a limitarmi ad ascoltar il racconto che delle geste di suo padre, nato nientemeno nel 1785, faceva la mamma, a veglia, tra gli «Oh!» di stupore di tutta la famiglia.

Lei non se ne ricordava neppure perchè quando il suo babbo morì aveva nove anni, ed era nata che lui ne aveva compiuti sessanta, ma quelle cose le conosceva dai racconti della sua mamma che invece morì nel 1885, giusto nella ricorrenza centenaria della nascita di mio nonno....

E tutti a far la bocca rotonda e a dire, in coro: Che tempra! Avere una figliola a sessant'anni sonati!

- E sana anche, non fo per dire!

- Sconta del giorno d'oggi!

- La gioventù moderna? Che Dio ne scampi e liberi tutti!....

Però un esemplare di codeste razze c'era anche nella nostra famiglia e mi fu rivelato in campagna, una sera in cui essendo tornato uno dei miei fratelli da caccia senza riportare neppure una penna, l'argomento cascò sulla gran quantità d'uccelli che pigliava il povero zio, il quale sarebbe stato figliolo di primo letto di quel nonno di cui si conservavano, come reliquie sacre, lo spadino e la parrucca di quando andava «a corte» da Canapone.

Anche lui, codesto terribile cacciatore che ammazzava cinque seicento uccelli al capanno, era defunto da un bel pezzo, ma ci rimaneva sua moglie, e per conseguenza mia zia, la quale non s'era più mossa, dopo la morte del marito, dalla villa di Santo Romolo dove egli era sepolto nella cappella di famiglia.

Avevo, allora, una dozzina d'anni, e sono, quindi, in grado di ricordarmene benissimo. Un bel giorno la mamma mi portò lassù, e mi pare ancora di rivedere quel lembo di mondo scomparso come se mi fosse davanti.

Il sole d'ottobre colava tiepido fra gli allori potati a disegno di un boschetto settecentesco e aveva sulla ghiaia color d'oro la stessa trasparenza del miele che da tutte le parti, api dai riflessi amaranto s'affaticavano a succhiare nei quadrati di crisantemi gialli, rossi, bianchi e turchini che stellavano le due parti del giardinetto divise da una minuscola vasca rotonda con poca acqua verde e immobile in cui tentava di specchiarsi invano un Narciso di terracotta in calzoni corti e cravatta a gale, senza naso.

La zia Elvira, circondala dalla sua corte, era a godersi gli ultimi residui della buona stagione sotto il *berceau*, e la corte consisteva nelle sue quattro figliole e in una donna di servizio, vecchia decrepita.

Quando s'arrivò, verso mezzogiorno, la zia s'era alzata d'allora, secondo la consuetudine presa dopo la morte del marito, perchè quando era vivo lui codesta gente d'altri tempi, che si mangiava rendita e patrimonio senza voler pensare ad altro, aveva abitudini anche più comode. Lo zio si levava alle cinque per andare al capanno e la zia gli preparava il caffè in camera col fornelletto a spirito, poi, quando lui tornava, verso le dieci, stanco d'avere schiacciato francescanamente il capo a cinquecento uccellini del buon Dio, rientrava tranquillo a letto e ci restava fino alle due dopo mezzogiorno, ora nella quale marito e moglie pranzavano, sempre coricati, come Gioacchino Rossini! La sera la passavano a biascicar ballotte d'inverno e brigidini d'estate, a dire il rosario di quindici poste o l'ufficio dei morti; poi giravano per tutta la villa ispezionandola dalle cantine ai solai, ma ciascuno per conto proprio, armati, lei di pistola e lui di doppietta, col patto di incontrarsi, dandosi preventivamente l'avviso con tre grandi urli, nel salotto da pranzo. Quand'erano vicini alla fine dell'ispezione lui scaricava la doppietta dal finestrino del granaio, richiudeva e scendeva; lei esplodeva un colpo di pistola sotto le vòlte del celliere frantumando qualche bottiglia vuota, poi risaliva. Dalle scale, di sopra e di sotto, montava il grido: Elvira! - Agostino! - Ci siete? - Ci sono? - Siete voi? - Sono io! - E finalmente, commossi, i due coniugi cadevano, estenuati, l'uno nelle braccia dell'altro; anche per quella notte eran salvi! E albeggiava....

La zia, dunque, sedeva sotto il *berceau*, vestita con un giacchetto di seta color tabacco e guarnizioni di *jais* nero, e con una sottana pure di seta, dello stesso colore, col cerchio, moda a cui per nessuna ragione l'egregia donna avrebbe rinunziato. I capelli, scrupolosamente tinti, aveva divisi in due bande che le scendevano con due pecette a coprire gli orecchi da cui ciondolavano lunghe «gocciole» nere.

Dalla morte del marito portò sempre il mezzo lutto.

Le ragazze non erano molto dissimili da lei, colle sottane a sboffi e la coda legata per le spalle, tutte, comprese quelle che s'avvicinavano alla trentina, e una di queste, una specie di «monaca di casa» aveva un aspetto singolarmente jeratico, diafana, colle lunghe mani d'avorio tagliate dai guanti di fil di scozia, inguainata come una spada in un vestito nero col colletto rigido e un dito di trina a fior del mento, sì da parere che per spogliarla e metterla a letto qualcuno l'avesse dovuta sfoderare da quell'involucro estraendola per la testa.

E ricordo, di codesta figura, un'altra prerogativa: l'assenza assoluta di curve; un palo vestito.

Appena arrivati, fatti i convenevoli, scambiati i baci d'uso e seduti in giro sui corbelli di terracotta rovesciati con sopra un cuscino di seta verde, una ragazza in grembiule bianco ci servì un piatto di «crogetti», piccolissime pallottole di pasta fritta, spalmate di miele sopra una stesa amarognola di foglie d'alloro, e la cioccolata.

Per esser vicini all'ora di desinare non si cominciava male! Intanto il rudere ottocentesco ci parlava dei ruderi settecenteschi, del bisnonno Imperial Regio Antiquario e della sua raccolta di studii araldici andata distrutta, e del nonno ingegnere che aveva guidato le truppe Francesi all'occupazione di certi conventi, e che poi aveva bonificato le maremme per ordine di Canapone, e a codesto proposito, accorgendosi che mi divertivo, promise di raccontarmi per filo e per segno quel che aveva saputo dal suo povero marito, storie terribili dove c'entravano perfino i briganti!

Io avrei voluto sentir subito codeste storie e m'attaccavo all'immensa gonnella implorando, ma la zia preferì di ritornare a parlar del consorte e, prima di metterci a tavola, ci guidò in un salotto *rococò* dove tirò fuori da una cassapanca uno spaventevole elmo con un appendice ondeggiante e un sottogola da disgradarne quello di Ettore. Era l'elmo di «capitano» della guardia nazionale del defunto zio! E allora seppi che, fattasi la smagliantissima uniforme con quel formidabile cimiero e indossatala, non ci fu versi di persuaderlo ad uscir di casa perchè si vergognava a farsi vedere in quel modo, e così, spogliatosi in fretta, perchè sotto le finestre della casa dove allora abitava, a Firenze fuor di porta San Frediano, due o tre ragazzi gridavano per aver qualche monetuccia: «Viva il signor capitano!» gli vennero i brividi e dovè mettersi a letto dove rimase otto giorni.

Tutti lo chiamavano «Sor Agostino» compreso suo padre il quale visto l'umore di quel figliuolo che, dopo presa la laurea d'ingegnere stava tutto il giorno a letto e al capanno, se lo era distanziato con un *lei* complicato dal *sor*, che in bocca ad un babbo doveva esser dolce come le stilettate.

Delle figliole tre tiravan dal nonno ed eran vispe, ma la monaca di casa aveva l'umor malinconico; chi la voleva dovea cercarla in cappella dove il giorno dei morti faceva alzare le lapidi e scendeva ad abbracciar le bare. I contadini l'avevano in concetto di santa.

A me, ragazzo, codeste figure e il fantasma dello zio si impressero profondamente nel cervello e per tutto il tempo del desinare non feci che guardare con ansia le pecette e le gocciole della veneranda signora Elvira nonchè il *mannequin* di cera della monaca di casa. Questa l'avevo di faccia; a un tratto calò, dì fuori, una gran tenda sul sole e cominciarono a dilagare dai vetri opachi delle finestre i lampi nella stanza semioscura; tutta la villa, fabbricata proprio sul cocuzzolo d'un poggio, tremava e una turba di cipressi, simili a tanti incappati che vigilassero quel cimitero di vivi, si sbatacchiava disperatamente davanti alla facciata alternando ombre sul pavimento e scaraventando manciate sonanti di gocciole contro i cristalli. In codesto barlume, fra un lampo e l'altro, mentre le opache forme dei cipressi traversavano veloci la stanza e s'aspettava che la donna recasse una lucerna a tre becchi, vidi sulla tovaglia, più chiare di questa, le mani fosforescenti della cugina e il suo volto d'alabastro e mi strinsi alla mamma, impaurito, come se al buio, a un tratto, mi fossi trovato dinanzi una zucca vuota, con gli occhi, il naso e la bocca illuminati di dentro.

Venne la lucerna a tre becchi e un lume a petrolio che filava da asfissiare, ma vennero anche le scaloppe al madèra, *gateaux* fatti in casa guerniti di confetti e d'anaci, e ancora «crogetti» e stiacciatunte e panelli coll'uva e donzellette di lievito e giuncate di ricotta e marmellate di frutta e vini traditori e rosolii di tutte le qualità.

- Ma perchè tanti complimenti? - insinuava mia madre.

- Si mangia sempre così! - biascicava la zia affaticandosi colle ganasce sdentate, e la monaca di casa, paga d'un grappolo d'uva, annuiva colle sue terribili mani, incrociate sulla tovaglia. Poi seguitava a raccontarmi, la zia, come da quando era stata sposa non fosse più scesa a Firenze e come il povero zio, allorchè doveva andarci per interessi, poichè a piedi non ce la faceva e col cavallo aveva paura, ci andasse sul carretto di una lattaia tirato da un cane maremmano.

- E la lattaia.... zia?

- Morta, da tanto tempo!

- E il cane, zia?

- Naturalmente, anche lui!

Ma dunque si moriva anche in quel mondo lì, dove tutti parevano già morti?

- Zia, come morì, lo zio?

- Di gotta.... come morirò anch'io....

- Perchè non fai un po' di moto? - chiese la mamma....

- A che scopo? Quando mi chiusi quassù il Granduca era ancora a Firenze. Non ho voluto più leggere giornali.... la notizia della sua fuga me la portò un cappuccino.... Guardate! - (e si piegò un poco sulla poltrona a braccioli). - Laggiù, in quella camera, c'è la culla dove fui messa appena nata e dove sono state messe tutte queste figliole e in quel letto, dove dormo, dirò addio alla luce e appena mi avranno fatto scendere due branche di scale mi ricongiungerò ai morti.

- C'è anche il nonno, laggiù sotto?

- No, amore! Lui per non trovarsi vicino il figliolo neppure da morto si fece seppellire nella cappella sotterranea di San Matteo, sotto il coro, nella chiesa del Carmine di Firenze. Vedi, bambino, che gente, quella d'allora? Tutta d'un pezzo!

Ero imbecillito dal puzzo del petrolio e dai gran dolci che m'avevano cacciato giù per la gola in quelle interminabili quattr'ore passate a tavola; quando ci si alzò spioveva, ma il sole s'avviava al tramonto e il Pipi ebbe l'ordine di attaccare il somaro.

Si scese giù a furia di tralloni terribili per una carrareccia scavata unicamente dallo scolo dell'acque, io di dietro tirando la fune della martinicca con quanta forza avevo, coi piedi puntati, e la mamma davanti reggendo l'ombrellone d'incerato verde; ad ogni svolta si vedeva scemare il cocuzzolo dal quale la zia color tabacco, la cugina nero ed avorio e le altre gonnelle a sboffi si agitavano insieme a qualche fazzoletto bianco, finchè tutto scomparve.

S'era fatto, repente, un freddo cane e per di più il ciuco s'incaponì di non andare innanzi.

Legnate, calci nella pancia gonfia che risonava come un tamburo, nulla valse a smuoverlo.

- È vecchio - disse il Pipi a mo' di scusa - e quando «ha detto» una cosa....

- Già, mi scappò di bocca, gente d'altri tempi!

La mamma si mise a ridere, ma ormai, perso il trenino, ci toccò ad aspettare, sotto la tettoia e tra il puzzo di viscido della stazione di Signa, il diretto delle nove.

Appena fui adagiato sopra un bel cuscino di seconda classe gli effetti della giornata trascorsa «all'antica» si svilupparono e principiai a vedere un uomo vestito da capitano con grandi galloni rossi e d'argento il quale filava come le saette lungo la via provinciale sopra un carettino da lattaio trascinato da un bel cane maremmano. Perchè avevo una febbre da cavalli.

GENTE MODERNA.

- Caro babbo - disse freddamente il cavaliere Adolfo, cassiere principale presso la Banca X...., è inutile disperarsi e discutere. Ho fatto male, lo so, ma se mi andava bene non sarebbe avvenuto nulla di grave, anzi.... Per conseguenza è perfettamente ozioso che tu ti scagli contro di me con gesti e paroloni da melodramma; in tal caso, io per difendermi...

- Difenderti?!

- Difendermi, sì.... il diritto alla difesa è sacro! Per difendermi, dunque, dovrei scagliarmi con gesti e paroloni da melodramma contro mia moglie per la quale, onde mantenerle il lusso, l'automobile e il quartiere elegante, io ho giuocato e perduto.... *ergo*, siccome ho trentacinque anni e nessuna voglia d'ammazzarmi, non rimane che pensare di escogitare un rimedio.

- Un rimedio? È presto fatto, o rimetti la cifra sottratta alla cassa, o vai in galera, o ti ammazzi.

- Ammazzarmi, io? Eh! no caro, finchè c'è vita c'è speranza ed io credo....

- Ma tu sei pazzo! pazzo, senza remissione. Dove vuoi che trovi, a quest'ora, duecentocinquanta mila franchi? Fosse stato ieri, stamani... ma ora, alle due di notte! Via, andiamo, non facciamo scherzi di cattivo gusto!

Il vecchio banchiere fremeva. Sapeva bene che il figlio conosceva l'origine della sua fortuna, oggi seriamente scossa, e rivedendosi riflesso in lui, come in uno specchio, non osava di pronunziare le grandi frasi. Anche lui, quarant'anni avanti, aveva giocato i denari degli azionisti affidati a lui, ma li aveva giocati in Borsa, in una operazione di grande stile, che, per di più, era riuscita bene. E quel tonto, quel babbeo, quel criminale idiota, era andato invece, a fare una serie di vuoti di cassa che erano arrivati, finalmente, a quella razza di somma e aveva subita l'ultima perdita proprio alla vigilia d'un ispezione!

Nella camera, dai tappeti soffici, illuminati soltanto dalla luce rosea della *veilleuse*, non si sentiva che il respiro affannoso della signora bruscamente svegliata dall'impetuoso e disperato ritorno del marito. Seduta sul letto, con un boa attorno al collo, i capelli magnifici sciolti giù per le spalle, essa girava attorno i grandi occhi attoniti incerta ancora se sognava o era desta.

E i due uomini, colle braccia incrociate sul petto l'uno, il più giovane, l'altro, il più vecchio, colle mani nervosamente intrecciate dietro il dorso, misuravano a grandi passi la stanza, e nessuno dei tre aveva ormai il coraggio di dire più nulla, tanto più che ciascuno tremava pensando a quel che sarebbe successo quando l'avrebbe saputo la madre del giovine cassiere, la signora economa e previdente la quale s'era scagliata tante volte contro la vita elegante della nuora.

La giovine nuora era di buona, modesta famiglia borghese e l'*affare* l'aveva combinato lo stesso banchiere il quale, fornita una istruzione al figliuolo e collocatolo a posto, s'era dato premura di accasarlo per tempo con persona di miti pretese per non spingerlo sulla strada pericolosa che lui aveva battuto da giovine e sulla quale l'aveva poi regolato raddrizzato e rimesso in careggiata l'oculatezza della signora Dionisia.

- Tuo figlio, soleva dire la madre previdente, tuo figlio dirazza, e, se non ne avessi l'assoluta certezza, direi perfino che non è tuo, da quanto è diverso da te. Egli deve essere un uomo onesto non deve provare scosse nè misurare gli alti e bassi dell'esistenza dei lottatori. Sarà un buon marito e un buon impiegato. E basta! E gli daremo una moglie borghese, non abituata al lusso, ai divertimenti, alle dissipazioni.

Conti senza l'oste!

La giovine sposa entrò ben presto al contatto del mondo che frequentava la casa del banchiere, contemplò gioielli che lei non possedeva, pellicce che non si sognava neppure, automobili silenziose come fantasmi... il marito, geloso, vedendo la moglie corteggiata e ammirata, non seppe rifiutarle nulla per timore di disgustarla, non solo, ma fomentò il suo gusto alle cose belle e sontuose, fiero di mostrarsi in società con quella donna che tutti gl'invidiavano, e cominciò, anche lui, a non contentarsi più della posizione sicura, ma umile, che il padre, accorto e conscio per esperienza come l'abisso si trovi sempre al piè delle cime, gli aveva procurato e, sentendo discorrere di operazioni, di società anonime, di contratti lucrosi, prese a confidare alla consorte dei progetti audaci per l'avvenire.

La signora non tardò a rivelargli, nell'intimità, ridendone lei per la prima, che uno degli assidui del suo salotto, il ricchissimo e bruttissimo borsista Lavoni, le aveva offerto, per prova, di entrare in qualche piccola speculazione, a titolo di esperimento, di saggio, con lui, s'intende senza che essa dovesse sborsare un soldo e aggiungeva, naturalmente, d'aver ricusato còn energia.

Ma codesta manovra del borsista bastò a fare entrare un diavolo per capello al cassiere il quale promise a sè stesso di riuscire a procurarsi le somme necessarie a un tentativo di speculazione su certe azioni d'una miniera che promettevano di salire vertiginosamente.

Per comprarne un primo *stock* occorreva almeno una cinquantina di mila franchi e il cassiere ne prese delicatamente diecimila dal deposito della Banca e li puntò sul tappeto verde, dove sparirono come foglie secche a un soffio di tramontano.

Si imagina il resto della storia la quale finì, come tutte le storie di questo genere, con una specie dì lotta sorda fra l'uomo e la sfortuna, finchè quando la cifra arrivò ad essere perfettamente tonda (duecentomila lire!) insieme a codesto *deficit*, il cassiere trovò, per giunta, anche l'avviso d'un'ispezione.

E allora prese altre cinquantamila lire e giocò tutta la pòsta. Le raddoppiò. Non bastavano. Puntò daccapo, perse, riguadagnò e poi venne il crollo. Dopo il quale non gli restò, alle due di notte, che salire le scale di casa e svegliare il babbo, confidando che il passato del vecchio banchiere avrebbe servito di scudo al suo fallo.

Ma il tempo era troppo ristretto, le faccende dell'ex strozzino, dacchè s'era ritirato dagli affari, andavano bene a patto che egli camminasse sul fil del rasoio, e duecentocinquanta mila lire son sempre una bella cifra!

Motivo per cui tutti e tre, babbo e figliuolo e nuora, non sapevano assolutamente che pesci pigliare.

E quel cretino che non voleva saperne di abbandonare la moglie, di fuggire! Quell'imbecille che non aveva il fegato di spararsi una revolverata nel capo! Quell'idiota che trovava a quell'ora, e in quelle condizioni, l'ingenuità di invocare, di cercare *un rimedio!*

Roba da camicia di forza.

Ma tutte codeste considerazioni erano zuccherini in confronto alla paura terribile che tutti e tre avevano, senza osare di confessarselo, di vedere apparire nella sua maestosa vestaglia rossa, la rispettiva moglie, madre e suocera, nella stanza fatale.

E la suocera, incuriosita da certi rumori, si svegliò, trovò il posto del marito, accanto a lei, nel letto, vuoto, sospettò qualche imbroglio (conosceva i suoi polli) e in cuffia bianca, infilata la maestosa vestaglia color di rosa e inforcate le lenti montate in oro, sul naso aquilino, girò per la casa e trovò il terzetto al colmo della costernazione.

Tutti tacevano, col cuore nel petto che batteva come il battaglio d'una campana squassata a mortorio, aspettando l'esplosione.

Invece la signora Dionisia fu sublime.

- Prima di tutto, ella disse, proibisco le esclamazioni di qualunque genere e (rivolta alla nuora) i singhiozzi, perchè la servitù non s'avveda di niente.

«Poi, prego di esaminare esattamente la situazione. Non c'è nulla d'irrimediabile (il banchiere la guardava allibito) non c'è nulla di perduto. Di perduto e d'irrimediabile c'è la posizione e la onestà di Adolfo, ma si rifarà la prima e quanto alla seconda... vuol dire che era fatale! È un bel sogno svanito, ma almeno mio marito avrà avuto ora, finalmente, la vera prova che Adolfo è suo figlio.

La delicata osservazione non parve commuovere estremamente il banchiere....

«Dunque, riprese la signora, io possiedo un deposito di duecentocinquantamila lire, e che rappresenta quasi metà della nostra fortuna, a un'altra Banca, come sapete, in testa mia, e le svincolerò....

- E tu vorresti che noi?... Ma dobbiamo andare alla fame, dunque, per questi due imbecilli?

- Nemmen per idea! Tu, Adolfo, hai le chiavi della cassa?

- Le ho.

- Benone, tranquillizzati, mettiti in calma.... E stamani subito, per tempissimo, quando non c'è nessun impiegato, entra in Banca, apri la cassa e piglia altre duecentocinquantamila lire, poi vieni qui, e dalle al babbo; quindi vai alla stazione e fuggi.

«Il babbo, consegnata a me la somma, (penserò io a metterla al sicuro) si recherà dal direttore della Banca e gli rivelerà che tu hai fatto un vuoto di cassa di mezzo milione e sei scappato. Il direttore convocherà gli azionisti e a loro il babbo offrirà le due corna di questo dilemma: O voi denunciate mio figlio e rovinate me e lui, senza pigliare un soldo, o vi contentate di tutta la mia sostanza consistente nella dote di mia moglie per duecentocinquantamila lire liquide, le quali, a patto che recediate da ogni proposito di denunzia, m'impegno a versarvi a titolo d'indennizzo, dentro quarantotto ore....

- Ma è una cosa grave!

- Ma trovami un mezzo migliore, se ti riesce! O fai arrestare tuo figlio e ti metti in condizione di non presentarti più in borsa, o, senza rischiare un soldo, fai una bellissima figura e ci salvi tutti. Gli azionisti son gente pratica, gente che più o meno ha scorso la cavallina degli affari e che si farebbe ghigliottinare prima di metter mano alla borsa. Essi apprezzeranno altamente il gesto d'un padre e d'una madre i quali si rovinano per rimediare il fallo d'un figlio, ne rimarranno commossi e siccome il male anderà diviso in piccole parti fra tutti, saranno felici vedendo che, di colpo, il danno subìto si riduce della metà senza scandali le cui conseguenze si rifletterebbero indiscutibilmente anche sulla banca e quindi su loro medesimi.... Mentre noi, non avremo altro incomodo che quello di tenere per qualche tempo infruttifera la somma, finché le faccende non saranno accomodate. Mi pare, dunque, che Adolfo farà bene a preparare due cose: la valigia e una lettera di dimissioni.... Quanto al suo avvenire.... Sono i contrasti della vita che formano i caratteri e io credo che tutto il male non venga per nuocere. Non ci mancano, per fortuna, le aderenze e nostro figlio potrebbe profittare delle offerte di quel tuo antico socio di Londra....

Il banchiere, a capo basso, pareva riflettere profondamente, e taceva.

La signora Dionisia gli mise amorevolmente una mano sulla spalla: Ma se è cosa fatta.... andiamo! benedetto uomo! Vedi come ti sei ridotto, mentre potevi aver fatto milioni durante la guerra, per il tuo orrore delle speculazioni coraggiose, per la tua onestà.... Questa è una lezione che ci dà il destino.... vinci gli scrupoli!

Ma il banchiere rialzata la testa, rispose, quasi parlando ancora a sè stesso: Macchè scrupoli! pensavo... se non fosse meglio offrire agli azionisti duecentomila lire sole... infin dei conti è una cifra che non si trova sotto un mattone.

- Così tu mi piaci. Ora riconosco mio marito! coraggio e avanti!

«Un galantuomo, come te, che adora la propria famiglia, deve lottare e trasformare le avversità in benefizii! coraggio, Adolfo! sarai più fortunato un'altra volta.... intanto, vediamo se, dato che hai perso il posto, ci riescisse di salvarti, in quest'affare, una cinquantina di mila lire.... ti farebbero comodo per ricominciare a formarti, onestamente, una posizione.

- Hai ragione, esclamò il banchiere, hai ragione.... ho bell'e deciso in questo senso e non se ne parli più.

La signora Dionisia ritornò a letto, i due uomini andarono nello studio a compilare la lettera di dimissioni, e la sposina rimase sola a rimuginare come avrebbe fatto per ricondurre senza parere, il brutto borsista Lavoni sull'argomento di quella certa speculazione che aveva respinta, inconsideratamente, pochi mesi prima.

CONTRATTEMPI.

Nulla. L'esposizione s'era chiusa e non aveva venduto nulla.

Veramente quasi nessuno aveva venduto niente, salvo i soliti tre o quattro candidati perpetui ai consueti acquisti ufficiali, ma egli non sapeva capacitarsi dell'indifferenza dei collezionisti dopo quel che aveva detto la critica, la critica vera, quella difficile, arcigna, colla smorfia perenne di sdegno sulle labbra, della sua opera tanto originale e sudata.

Eppure alla segreteria gli dissero che nessuno s'era fatto vivo, nemmeno per offrire una cifra irrisoria.

Andò, col giornale in tasca che conteneva l'articolo del terribile critico Frediani, articolo che era tutto un inno, dal collezionista più generoso, ma era partito per affari del suo commercio; anzi gli dissero che ormai non faceva più acquisti, perchè c'era la crisi e aveva perduto non so che somme in certe speculazioni sbagliate.

Si dovè portar via i quadri, da sè, sotto il braccio, giacchè eran piccoli, per non spender gli ultimi centesimi in un facchino, e si ridusse a contemplarseli nella camera dove abitava, sopra i tetti, come Rodolfo, per mancanza di uno studio decente.

La mattina dopo strizzò il resto dei colori sopra la tavolozza e, per tempissimo, si mise in cammino.

Girovagò alla ventura, in cerca d'un soggetto, senza trovarlo.

Però, a vagabondare a quel modo, godendo il respiro della campagna benedetta da un languido solicello invernale, si sentiva puro e felice, quasi incorporeo, senza curare i richiami dello stomaco, senza preoccupazione del vestito che ragnava, ben coperto dal maglione che, per fortuna, gli avevano lasciato quando si congedò di sotto l'armi, dopo la guerra.

Almeno, allora, mangiava due volte al giorno e la mattina prendeva il caffè.

Gli avevano detto: vedrai, dopo la guerra... ci sarà da fare per tutti....

E tutti, o quasi tutti, s'erano occupati, chi in un modo, chi in un altro.

Lui no; lui non sapeva far nulla, altro che armonizzare colori, senza precisar forme e particolari, come avrebbero voluto quelli che comprano.

La critica aveva detto: sinfonie di colori, originali, gustose, saporite, questo artista ha davanti a sè la gloria.

Ma che cos'è la gloria? E se il pubblico di queste cose non sa che farsene? e se a lui non riusciva di far altro?

Appena alzato il capo dalla breve tavoletta dove riassumeva in poche note squillanti di colore, tutto il mondo, come lo vedeva lui, si trovava spaesato.

Il padrone di casa, che avanzava non so quanti mesi di fitto, gli aveva detto: Mi decori il salotto da desinare e si fa pari.

Ci s'era provato, ma ai primi saggi il padrone si cacciò le mani nei capelli.

- Ma che cosa mi fa? io voglio una balza a finto marmo, e poi un colore unito alle pareti e, nel soffitto, un rosone colle luci, da attaccarci la lampada coll'*abat-jour*, ma un rosone che paia vero!

E lui non aveva saputo farglielo.

Ma non sapeva far nulla, dunque? Oh! sì, sapeva.

Ecco, la chiesa col campanile, il monte di pini dietro, l'oliveta in primo piano, e il nastro bianco della strada.

Tutto vedeva ridotto alla più semplice espressione, era l'anima del paesaggio, non il paesaggio, che vedeva.

Si mise a sedere sul panchettino, all'ombra, socchiuse gli occhi come un gatto quando sente carezzarsi sotto la gola, o, per qualsiasi altro motivo, prova piacere, e cominciò a dipingere adagio, adagio.

Mescolava i colori, molto li mescolava sulla tavolozza, e si compiaceva a gustare collo sguardo, lo smalto che ne risultava.

Belli smalti, lucidi, puri. Azzurro intenso, giallo d'oro antico, violetto pallido, verde rossiccio caldo, madreperla argentea, un po' rosea, per le nubi.

Ecco la macchia del campanile, il blù del cielo della bifora (niente campane) la nota rossa del tetto, il pallore dell'oliveta, il piano largo, solido, nudo, della strada.

Che piacere, che delizia!

Le campane suonavano e lui non ce le aveva dipinte; non vedeva che macchie, essenziali, precise, digradanti per piani in modo miracoloso, legate fra loro da una armonia che le fondeva in un motivo unico, dominante come una nota sovrana.

Arrivava fino all'artista odore d'arrosto, di pan casalingo, di fumo amarognolo di fascine buttate a bruciare ancora stillanti di guazza.

Ora, contro il verde rossiccio cupo del monte, gettava la madreperla di quel nuvolo, scomparso quasi subito.

E tutta la tavoletta s'illuminava.

Ah! che piacere, alzarsi, far tre passi indietro, e contemplare quell'accordo di tòni fusi in un unico motivo solare!

- Bei colori!

Disse una voce fresca allo spalle del pittore che si voltò e vide una bella signorina che guardava il quadretto, stuzzicandosi i denti.

- Le piace?

- Molto. Ora però ci farà le campane, i pini, i tegoli, gli ulivi, e, nella strada, le rotate delle vetture, non è vero? Ci metta una figurina. Vuole che le posi io? Vado a prendere una mantiglia rossa, ma ci faccia le frange ben visibili.

Sparì, lasciando l'artista rimbecillito come se gli avessero tirato una legnata nel capo e ritornò colla mantiglia e con un giovinotto, glabro, con dei gran capelli ritti sulla testa come quelli d'un *clown*, che, con aria annoiata, fumava una sigaretta.

- Mi ci fa?

- Ma.... è impossibile.

- Capisco.... ormai la pittura è fresca.... ma ci faccia le campane, non posso vedere quel campanile ignudo! aspetti.... vuol dipinger la villa? Babbo se la dipingesse, gliela comprerebbe, forse....

- Ma, Fosca! - disse il giovine, annoiato.

- Sì, sì.... l'ha detto tante volte. Ma bisogna che lei la dipinga dalla parte dell'ingresso e ci faccia i due cani di terracotta; babbo ci tiene sopra ogni cosa. Scusi, ma come fa a vedere questa strada così gialla? Dipingo anch'io, sa.... e me ne intendo.... Sono allieva del professor Precisini. Lui dice che gli olivi si fanno colla biacca, terra gialla, verde smeraldo, giallo cromo, e una puntina di lacca.... e lei invece li vede violetti? O i rami perché non ce li ha fatti? E come fa a vedere i nuvoli di quel colore.... scusi, o non son bianchi?

- Ma, signorina.... lei dipinge così, come vede?

- O come vuol che dipinga? Oh! questa è bella! Mi dispiace di non averci il dipinto che ho fatto lo scorso agosto, da questo medesimo punto di vista. Si contavano i tegoli del tetto e l'ho venduto a un amico del babbo... Dio mio! venduto proprio, no.... mi ha regalato quest'anello d'oro.

- Ma Fosca! - riprese il giovine con aria annoiata. E al pittore, offrendo il pacchetto: - Vuole una *giubek*?

- Grazie.... ma.... non ho mangiato.

- Capisco. Allora, buon appetito. Andiamo, Fosca.

Si allontanarono e il pittore sentì che Fosca diceva: - Peccato! perché i colori li trova bene....

Il pittore rimise a posto i tubetti di colore streminziti, la tavoletta, pulì i pennelli con un resticciòlo d'acqua ragia che trovò in fondo a una boccetta e s'avviò giù per la viottola.

Poi, vedendo che s'avvicinava alla villa, tutta dipinta di celeste, con i cani di terracotta, tornò indietro e si cacciò per i campi.

Un cane gli si fogò incontro, ma per fortuna il contadino lo agguantò per il collare e con una pedata lo mandò a cuccia.

L'artista, digiuno da tante ore, saranno state almeno le tre del pomeriggio, ebbe un rimescolamento di sangue, diventò bianco come un cencio di bucato e mancò poco non cascasse svenuto sur una proda.

Il contadino gli chiese: - O che ha avuto paura?

Il pittore si guardò intorno, e rispose a occhi bassi: Per dir la verità, non ho mangiato da ieri.... se vi contentate mi satollerei con quelle mele cadute dall'albero che vedo lì in terra.

- Ma che gli pare! - rispose il contadino - venga a casa con me, se lei si degna, ci ho un boccone di minestra di magro diaccia e un bicchier di vinello. Via! non faccia cerimonie.... la fame i birbanti e i vagabondi non la patiscon di certo e lei m'ha l'aria d'un galantòmo.

Il pittore mangiò come un lupo, mentre il contadino lo guardava, compiaciuto, dando ogni tanto una pedata al cane che non si voleva assuefare all'ospite e ringhiava, di sotto una panca.

Come l'artista ebbe terminato di mangiare, il contadino gli disse: - E ora, fra me e lei, si deve combinare un affare. Nella stalla delle vacche mi ci manca Sant'Antonio. Me lo vuol dipingere, per bene, col maiale (non pregiudicando nessuno) e ogni cosa? Gli dò venticinque lire.

Il pittore non rispose. Prese la cassetta, l'aprì, e fece vedere al committente che aveva finito i colori!

Questa storiella io la riseppi dal contadino il quale riconobbe molti anni dopo, in casa dei medesimi padroni, la tavoletta rossa, violetta, azzurra e dorata che il povero pittore aveva dipinto quel giorno e che, dopo la sua morte, fu loro venduta da un negoziante per parecchie migliaia di lire.

SPETTATORI ED ATTORI.

Era un pomeriggio afoso d'agosto; non mi riusciva di pigliar sonno: la camera pareva un forno e io, benché mi fossi spogliato completamente, grondavo di sudore molesto, e mi sentivo la testa pesante e la lingua appiccicosa.

Dallo spiraglio, tenuissimo, degli scuri accostati, il cielo appariva incandescente.

Non potendone più, m'infilai i pantaloni di tela, calzai un par di scarpe di corda, mi cacciai sul capo un cappellaccio bianco e uscii sul porto.

Il porto, minuscolo, era deserto. All'ombra d'un barcone enorme dormiva a orecchi bassi un ciuco mezzo mangiato dalle mosche, insensibile certamente a qualunque legnata o puntura, e un cane rosicava un osso con accanimento ingiustificato perché non c'era più attaccato nemmeno un brincello di carne, guardandomi ogni tanto con un occhio rosso, in tralice.

Ma accovacciato sopra un grossissimo trave di «princepaine» un gatto guardava, alla sua volta il cane, socchiudendo gli occhi gialli con una mossa umana piena di falsa indifferenza tutte le volte che il cane mostrava di accorgersi di essere spiato nella sua dura fatica.

Più avanti, sulla spiaggia, lungo il mare di cui il cobalto profondo dava un senso di freschezza nonostante il risucchio debole che appena sbavava la rena sporca, vidi una bambina vestita di rosso, con un enorme cappello di paglia in capo, seduta in terra dove aveva formato dei minuscoli castelli con dei sassolini e delle conchiglie vuote.

Dietro di lei un bambino, forse più grande di un anno, completamente nudo, con una gran testa rapata a pera, dalla fronte bassa e con naso camuso e labbra sporgenti, stava a guardare, con le manine gravemente incrociate dietro la schiena rossa di rame, mostrando di pigliare un portentoso interesse al giuoco della piccina.

In pieno sole non sentivo il caldo come quando ero chiuso fra quattro mura e neanche mi molestavano le mosche, così petulanti all'ombra, e siccome non ho paura degli elementi, nè soffro il mal di capo, accesi la pipa e rimasi dov'ero, fermo, ad osservare alternativamente il ciuco, il mare, i ragazzi, il gatto ed il cane.

Per quella infame abitudine che fa di ogni uomo un animale, pur troppo, metafisico, pensai subito che in pochi minuti su quel meraviglioso scenario tutti i personaggi presenti, me compreso, avrebbero cominciato a rappresentare la propria parte nella torbida commedia della vita, e non m'ingannai.

Dopo qualche istante comparve un colono con in mano un enorme randello.

Il cane non si scomodò, il gatto neppure; ma il ciuco smise di dormire e rizzò le orecchie.

L'uomo slegò la bestia dalla barca a cui l'aveva precedentemente avvinta con una fune e invece di pigliar l'asino, obbedientissimo, e menarselo dietro, gli suonò a caso, sulle costole grame tre o quattro legnate con quanto fiato aveva.

Il ciuco s'avviò avanti, l'uomo gli andò dietro e, ogni tanto, giù legnate.

Il ciuco non mutò mai il passo; tanto sapeva che era lo stesso, soltanto alzò la coda e scodellò un'offerta retrospettiva al suo padrone quasi in segno di disprezzo supremo.

Poi seguitò a trotticchiare, e l'uomo a dare, senza ragione.

Allora m'avvidi che la bambina aveva smesso di fabbricare i suoi castelli di sassolini e conchiglie e rideva a più non posso divertendosi al martirio dell'animale.

Ma, quasi subito, spinto come da una molla, il bambino ignudo, con un salto, afferrò il cappello della bambina e lo scaraventò in mare.

Il risucchio, benchè stanco, lo travolse e il cappello prese a navigare, come il fiore della ninfea in un padule, in mezzo all'acqua semi-immobile e putreolente del porto.

La bambina, la quale era vestita, con le calze e le scarpe in piedi, non potè buttarsi al salvataggio del suo cappellino e cominciò a urlare con quanto fiato aveva in gola: «Pappello! pappello! pappello!».

Poi, volgendosi al ragazzo, gli disse, tra le lagrime: «Butto! pappello, pappello!».

Il bambino si pose a ridere e la piccola cominciò a camminare, coi pugni agli occhi, incespicando, lungo la riva, gridando: «Mamma! mamma! pappello!»

Il ragazzo la raggiunse con due salti e le tirò i capelli biondi, con molta forza; poi le consegnò, coi piedi nudi, un calcio, s'intende facilmente dove.

Gli strilli della vittima presero un tòno acuto, d'argento, così lacerante, che una donna, sudicia, scarmigliata, oscena, scappò fuori da una delle tante case addormentate e che pareva avessero, invece di persiane, palpebre abbassate sopra occhi stanchi da tanto barbaglio di luce, e in meno d'un *amen* fu addosso alla bambina.

Senza stare a chiedere che cosa fosse successo l'agguantò con un braccio nervoso, lungo e stecchito come quello di don Chisciotte, la rigirò, la frullò addirittura per aria, se la cacciò col capino biondo nascosto fra le cosce, le alzò il sottanino rosso e le dette quattro o cinque colpi a mano aperta, colpi secchi che parvero scoppi di pistola, sulle cicce color di rosa tutte pieghe morbide; però, mentre picchiava, così macchinalmente, vide nel mezzo al porto il cappello di paglia e capì a volo ogni cosa.

Lasciò la bambina a bocca aperta come una rana, e che non riusciva a emettere il suono della voce per il rintronìo delle bòtte e lo spavento, corse a perdifiato addosso al ragazzo ignudo e poichè questo si buttò in acqua, c'entrò anche lei, tirandosi su le sottane lercie fino oltre l'anche.

Il ragazzo, spaurito, s'arrampicò lungo la fune d'un veliero e la donna, anche lei, in due salti fu a bordo.

Costì la scena divenne comica.

Il granocchio umano, nudo e stillante acqua marina, luccicando come uno specchio sotto il gran sole, a cavalcioni al pennone, faceva alla donna un mucchio di gesti indecenti.

Lei, di sotto, raccolto in pugno un mannello di funi, urlava al ragazzo di scendere perchè lo voleva spellare a forza di frustate e quello, naturalmente, se ne guardava bene, seguitando a scambiettare come una scimmia....

Finchè, a un tratto, un'altra donna, grassa bracata questa, con due enormi mammelle fuori d'un corpetto slacciato, esplose, come un bolide, di sotto all'angiporto, agitando nella corsa sfrenata le sue carnosità gelatinose e strillando come una calandra.

Le due femmine si maltrattarono per qualche minuto finchè la donna secca scese dal veliero e si slanciò colle funi per aria sulla sopravveniente la quale, rapida come il baleno, si sfilò, con un elegantissimo calcio all'aria, lo zoccolo destro che raccolse nel pugno.

E cominciò la battaglia.

Io vidi un arruffìo di gonnelle, di carni grasse, di carni grinzose, di piedi, di capelli, di funi, di mani, di zoccoli e tutto il porto, come per incanto, si gremì di persone.

Tutti i sartiami, le alberature, i barconi rigurgitavano di monelli, le finestre si fiorirono di teste brune, bionde, rosse, quasi dovesse passare la processione, e in terra due gruppi d'uomini, formati dai mariti (e dai rispettivi amici che li reggevano) presero a ondeggiare come i fianchi d'un piroscafo rullante.

Il putiferio ebbe termine quando in mezzo a quello sfolgorio abbacinante di colori e di luci s'inquadrò, nera, quasi infernale fra tanta orgia di gialli, di bianchi, di rossi e di blu, la tricornata, adusta, alta figura del prete.

La causa di tanta guerra, la bambina e il ragazzo, si facevano le boccacce stando rispettivamente ciascuno dietro una barca rovesciata; ma il cane, finito di roder l'osso, s'era acciambellato, al sicuro, sopra un mucchio di corde posto in cima a un barile rovesciato sul falsoponte del veliero più grosso, e il gatto s'era accomodato sulla pancia del cane il quale l'aveva ospitato generosamente; e tutti e due dormivano senza preoccuparsi per nulla di quello che era successo.

L'AGNELLO.

L'aurora tingeva le nubi di porpora, ma poi, via via che il cielo schiariva, anche le nubi diventavano prima rosee, poi dorate, infine i loro lembi sfioccati sì riunivano, si gonfiavano di vento ed esse montavano, bianchissime, il grande arco dell'orizzonte sospinte dalla raggèra del sole.

Il giorno prima era stato freddo e fosco; un grigiore uniforme, accentuatosi verso mezzodì, aveva costantemente tenuto la campagna sotto il suo velo funereo.

Il nonno che portava Pierino alla funzione lungo il viottolo rosso fra le macchie verdi tutte trillanti di uccelli, gli aveva detto che il cielo si rabbuiava tutti gli anni, a quel modo, nel giorno del transito di Gesù.

Era vero. Il nonno che aveva visto settanta primavere non si rammentava d'un Venerdì Santo sereno.

Qualche volta quando s'era levato, il cielo era ancor chiaro, ma tirava vento e i dorsi lanosi delle grandi nuvole salivano adagio dalla valle del fiume alle montagne; poi, pian piano tutta la volta celeste si cuopriva di nubi, un grande, un fantastico armento ovattava tutto il cielo lasciando filtrare a intervalli un sole color caffè e latte; finchè le «pecorelle» incupivano, pigliavano una tinta bigio-piombo di malo augurio e verso il tocco dopo mezzogiorno pareva che l'acqua fosse lì lì per rovesciarsi a torrenti sulla terra.

Al tramonto si levava il vento, un vento qualunque, tanto che bastasse a spazzar via la nuvolaglia sordida, a rammontarla, davvero, come se avesse una granata invisibile, contro le cime dei monti dalle quali esalava, come fumo, nell'infinito, e prima dell'undici del Sabato Santo faceva un sereno da allargare il cuore.

Quella mattina la chiesa di bardiglio era tutta piena di contadini, di fattori, di possidenti.

In un posto privilegiato, benchè in chiesa di posti privilegiati non ce ne dovrebbero essere, si vedeva la marchesa inginocchiata, che pregò sempre col capo fra le mani.

In fin de' conti le era morto il figliolo in guerra e, benchè marchesa, era una mamma anche lei.

Quando squillarono tutti i campanelli, e l'unica campana della chiesetta, dalla porta, che avevano dovuto lasciare spalancata a causa della gran ressa di gente, si sentivano entrare a folate, col buon vento primaverile, i doppî giocondi di tutte le parrocchie sparpagliate su per le conche dei poggi celesti.

Allorchè la gente uscì di chiesa, pesticciando forte la mortella sparsa in terra, per sentirne l'odore acre, quasi amarognolo, era una festa di sole che rallegrava tutti i cuori e lo splendore degli olivi così luccicante da far male agli occhi.

Il nonno, tenendo Pierino per mano colla sinistra e rimettendosi in capo colla destra il cappello, diceva sull'uscio dì chiesa: Meravigliosa giornata! Si vede proprio che è risorto il Signore! L'agnello di Dio che venne in terra ad affrancarci dal peccato!

- Nonno, - domandò Pierino, - cos'è quest'agnello di Dio?

- Non l'hai visto, dunque, effigiato in quel tondo di legno sopra la porta maggiore?

Pierino si voltò, e vide benone l'agnellino mal dipinto da un pittore da strapazzo con una gamba ripiegata, che pareva rotta, nella cui giuntura stava infilata l'asta della bandierina bianca colla croce rossa, e l'agnello, per dar l'idea del candore, era azzurro!

- Lo vedo anche in questo momento, - rispose Pierino, - ma che cosa vuol dire?

- Bambino mio, vuol dire che la mansuetudine è l'unica arma colla quale si vincano tutte le battaglie. Per ispiegarmi un po' meglio ti dirò che Gesù discese in terra a predicare l'amore, la legge del perdono, a confermare il domma «non ammazzare» e così gli uomini violenti e rapaci che vedevano compromessa la loro legge di rapina, lo crocifissero. Ed egli, mansueto come candido agnello, si fece martirizzare e spirò perdonando. Codesto suo verbo d'amore ebbe più larga eco e maggiori conseguenze che s'egli avesse vinto con un esercito immenso la più grande delle battaglie, o si fosse messo alla testa della più sanguinosa delle rivoluzioni. La sua parola non potè esser distrutta, come si distruggono, invece, gli eserciti. Il «verbo» che poi vuol dire la parola, il pensiero divino espresso per bocca d'un uomo, il «verbo» dunque, fu raccolto da alcuni i quali se lo tramandarono e su quel «verbo» giurarono e per quel «verbo» furono perseguitati, martirizzati ed uccisi. Ma intanto nacque il culto per codesto Maestro che fu simboleggiato nell'agnello incolpevole e i seguaci di codesto culto, senza colpo ferire, rovesciarono i troni dei crudeli imperatori romani, si sparsero per tutto il mondo e ne scacciarono, dovunque, la barbarie in nome della nuova dottrina dell'agnello.

«Io non so, caro Pierino, se avrò reso con bastevole chiarezza il mio pensiero.... in ogni modo....

- In ogni modo, - si affrettò a interromperlo Pierino che era un ragazzo dimolto intelligente, - mi pare d'aver capito abbastanza bene. E ti prometto che non mi lascerò mai vincere dall'ira, che non desidererò nulla che non sia di mia strettissima competenza, e non farò mai male a nessuno.

- Specialmente alle bestie! perchè si comincia da quelle.

- Nemmeno alle bestie.

I discorsi correvano filati, la loro logica non faceva una grinza, la meraviglia della giornata e del paesaggio conferivano al corpo ed allo spirito quella pacata beatitudine che ci rende puri e disposti a qualsiasi concessione, e questa beatitudine raggiava, veramente, dalla fisonomia placida e ben colorita di quel florido vecchio campagnolo e di quel fanciullo innocente.

Pierino, però, avvedendosi che avevano deviato dalla strada di casa per imboccare una viottola ripida che conduceva alla capanna di Natale, (il pecoraio) di cui il ventolino recava il fetore caratteristico fino al ragazzo ed al nonno; e temendo che il nonno, accalorato nel discorso, avesse scambiato sentiero, gli tirò, discretamente la giubba, e gli disse: Ma... nonnino, o dove tu mi porti?

- È una sorpresa.... vedrai.

E, compatibilmente alle forze del settuagenario, allungarono il passo.

Sulla porta del casolare, Natale, che li aveva già sbirciati da lontano coi suoi occhi di lince, s'affacciò sorridente, reggendo sulle braccia un meraviglioso agnellino, un vero fiocco di cotone bianco, a cui aveva messo al collo il suo bravo collarino rosso fiammante.

Figurarsi Pierino! Batteva le mani, saltava, rideva cogli occhi lustri e il visìno paonazzo dalla commozione; e il nonno se la godeva un mondo.

- *Ecce* - disse il nonno solennemente - *agnus Dei qui tollit peccata mundi*, ecco l'agnello del Signore che leva i peccati del mondo.

Si provarono, avviandosi verso casa, a farsi seguire dall'agnellino; ma per quanto grandicello, il piccolo redo era sempre incerto sulle gambe e pauroso in modo straordinario. Sicchè il nonno dovè tòrselo in collo e così arrivarono trionfalmente a casa, fra mezzo a una magnifica fiorita di gelsi, col fiocco di neve sulle braccia, destando l'entusiasmo generale. Pierino stette tutto il giorno dietro all'agnello, la sera prese una bizza fenomenale perchè voleva portarlo a dormir con sè, e tutta la notte si rivoltolò nel suo lettino sognando che gli volevano rubare il bianco messo di Dio.

La mattina di Pasqua per tempo, Pierino, intrufolatosi in cucina, curiosando qua e là, s'era fermato a veder disporre in un vassoio l'ova sode da mandare a benedire, quando si rammentò dell'agnellino e corse fuori a cercarlo; sul prato, nelle stalle, dai coniglioli, persino nel pollaio, e non lo trovò. Finalmente, passando per caso dalla rimessa, vide una cosa che lo lasciò gelato di spavento.

L'agnellino di Dio, barbaramente sgozzato, penzolava da un chiodo e Michele, il servitore, si preparava a spellarlo sotto lo sguardo vigile del nonno. Il collarino rosso era stato sostituito da un collare di sangue.

Pierino non riuscì a trovar parole.... pensò all'agnello di Dio, ai peccati rimessi, ai discorsi del giorno prima.... e Cielo, umanità ed arrosto si confusero nel suo cervello in un tutto mostruoso e inesprimibile, finchè (un groppo improvviso serrandogli violento la gola), fuggì nella chiusa dei coniglioli a piangere disperatamente su quella prima rivelazione dell'umana menzogna.

«IL LELLA»

Guardandolo passare (benchè ci passasse raramente) per le strade del paese, le comari che spettegolavano facendo svelte la treccia, sedute sulle conche rovesciate o sulle seggiole di paglia, dicevano invariabilmente: Aveva ragione la povera Argene!

La povera Argene era una vecchia senza nemmeno un dente, incartapecorita dagli anni e còtta dal sole in modo tale da parere una lucernina etrusca, ma che aveva serbato fino ai giorni estremi una lucidità di memoria da sbalordire. Lei si ricordava di tutto e sapeva vita morte e miracoli d'ogni abitante del borgo, d'ogni contadino della campagna, d'ogni pigionale dei casolari sparpagliati fuori mano; e, fino all'ultima ora, quando si spense proprio come fa un lume quando non c'è dentro più olio, badò a battere che «il Lella» era pericoloso, perchè sua madre, che lo partorì alla macchia da padre ignoto, quand'era incinta di lui aveva guardato fisso, alla fiera, uno scimmione gigantesco che si grattava le natiche sopra una scala davanti al serraglio delle bestie feroci.

Visto da lontano il Lella non differenziava troppo da un *urang-utang*.

Nessuno sapeva che età avesse; la povera Argene l'avrebbe potuto dire, ma non ci fu uno che pensasse di domandarglielo, e così codesto segreto rimaneva inesplicabile.

Ne poteva aver trentacinque, quaranta, cinquanta... Di più no, perchè ancora non si decideva a buttar fuori i peli bianchi nei capelli o nei baffi, benchè nella barba, sempre incolta, fossero spuntati di già.

Di statura sarebbe stato altissimo se non avesse avuto il vizio di camminar curvo, quasi si fosse rialzato allora dall'andatura a quattro zampe; e perchè aveva le braccia lunghissime colle mani enormi, a vedergliele ciondolare in quel modo pareva proprio di trovarsi di fronte un animale selvatico ritto sui piedi di dietro.

Le sue spalle erano quadrate perfette, parevano un armadio, e di mezzo vi spuntava, attaccata a un collo triangolare con dei muscoli grossi come canapi, la testa colla fronte alta tre centimetri sotto i capelli setolosi, le sopracciglia folte e ritte come punti interrogativi, l'orbite fonde in cui affogavano due occhi rossi piccolissimi, il naso camuso con le narici aperte e frementi, la bocca larghissima con tutti i denti sani, candidi, arrotati, in mostra, non si capiva bene se per ridere o per ronchiare, e le mascelle, quadre come le spalle, capaci d'un movimento convulso di rotazione che, invece del pan casalingo duro più dei mattoni, avrebbe maciullato la mola d'un frantoio.

Questo, fisicamente, il Lella; così chiamato da tutti fin dalla nascita e a cui non si conosceva altro nome.

Stava in una stamberga fra il bosco e il sòdo dove lavorava per conto d'un fittavolo; e non ci teneva che un po' di paglia sopra un giaciglio da cani, la brocca dell'acqua e una cassa dove aveva due camice e due paia di calzoni; ma quando non pioveva o non nevicava dormiva sull'erba d'un prato, d'estate, e in una grotta, fra certi burroni, d'inverno.

Mangiare, mangiava dove si trovava, ma sempre solo e meno che potesse fra quattro mura.

Quando (raccontava la povera Argene) lo portarono alla visita, e fu scartato per deficenza mentale, si lasciò condurre spogliare e rivestire dai coscritti del paese, masticando sempre. Aveva portato un'intera ruota di pane di quattro chili e la sminuzzò tutta con quelle màcine di denti che aveva in bocca! Non volle andare in trattoria, per quanto tentassero di trascinarvelo; ma s'impuntò e in otto o dieci non furon buoni neanche di smuoverlo d'un passo! poi si ritirò nella straduccia, vicino all'osteria, e nella quale era la rimessa del diligenzaio che li doveva riportare in su e stette costà fino all'ora della partenza tappandosi con tutt'e due le dita gli orecchi per non sentire il rumore della città.

E in città non rimise più piede.

La mattina compariva in paese appena fatto giorno e aspettava che aprissero le botteghe. Si faceva dare la solita ruota di pane, che era la sua paga quotidiana, e con quella sotto il braccio ritornava al sòdo.

Lavorava, quanto cinque uomini almeno, sino alle nove, poi quando il doppio della campana cessava indugiandosi con una lunga vibrazione d'oro nell'aria celeste, andava qua e là per i campi e raccoglieva per terra quante mele marce trovasse o, secondo la stagione, altre frutte, compreso i fichi acerbi e col lattificio, o le more di sulle siepi, e se ne empiva il grembiule.

Allora pigliava la ruota di pane, se la spezzava sopra un ginocchio, e cominciava a mangiare, lento, alla guisa d'un ruminante, coll'occhio fisso a terra, senza pensare a nulla; e le frutta le divorava colle bucce e coi bachi, e le more delle siepi colla polvere e le ragnatele....

Tanto, non aveva avuto mai un dolore di corpo.

Bere, beveva acqua; ma se gli regalavano un fiasco di vino, lo alzava davanti alla bocca e, a garganella, senza versarne una gocciola, lo trincava tutto di un fiato. Poi si buttava a dormire e quando si svegliava aveva più fame di prima.

Perchè il suo unico tormento era la fame; una fame bestiale che non si saziava con nulla, che lo spingeva a spellare e divorar vivi i ranocchi, e perfino le serpi acquaiole, a inghiottire i funghi crudi e terrosi, le radicchielle selvagge coi peli e ogni cosa!

Per questo le comari, quando capitava in paese, gli davano da mangiare, gli empivano il paniere o il corbello d'ogni ben di Dio.

E lui pigliava ogni cosa, senza dir grazie, senza rispondere, perchè non apriva mai bocca se non per mangiare e bere, e se ne andava col suo passo tranquillo.

Ma se la donna che gli dava codesta roba era giovane e bella, allora lo scemo rideva.

Rideva, ma prima di ridere, la guardava in un modo curioso, fissamente, a lungo, senza tradire nessuna commozione; soltanto gli occhi rossi, nella cavità dell'orbite buie, s'accendevano come il culo d'un bruco in una macchia appena è scesa la notte.

Ecco la ragione per cui le comari dicevano, quando il Lella spuntava, di lontano, in fondo alle strade del borgo: Aveva ragione la povera Argene!

Ora è bene sapere che l'Argene, buon anima, avvertiva le ragazze che se quell'uomo aveva davvero dentro le vene il sangue della scimmia (e qui la vecchia si faceva il segno della santa croce) dovevano star molto attente a non toccarlo o a non farsi toccare perchè c'era da vederlo diventare una belva e sarebbe stato capace anche di strangolarle.

Figuriamoci il chiacchiericcio e le congetture quando il fittavolo del Sòdo prese a opra l'Adelasia e la mise a lavorare insieme col Lella, soli tutt'e due, per delle intere giornate, in quel fondo dove s'arrostiva dal sole e dove non passava mai anima viva!

Ma l'Adelasia, nonostante fosse in là col conto, era ancor ben portante e formosa, tranne nel viso che aveva deturpato da una parte da orribili ustioni, e non aveva paura di nulla, perchè come forza di braccia, se non faceva il paio col Lella, ci correva poco.

Lavorava a guisa d'una macchina, senza posa, e cantava tutto il santo giorno, mentre il Lella, rintontito, l'aiutava come un automa.

Poi, la sera, tornava in paese dove dormiva, e, prima d'andare a letto, rigovernava i piatti dell'osteria di *Baco* dove, in ricompensa, faceva una bella cena cogli avanzi e beveva un litro di vino; e costì eran risate da scarrucolarsi a sentirle raccontare la sua vita col Lella, perchè tutti gli avventori la eccitavano a entrare in particolari scabrosi o le facevano domande equivoche, e lei teneva testa a ciascuno e per ciascuno ci aveva la sua risposta pepata e pronta.

- Adelasia! stà attenta!

- Il sole è pericoloso... fa dei brutti scherzi!

- Fortuna che tu dormi in paese!

- Eppure,... ci piacerebbe di vedere la razza!

E l'Adelasia, reggendosi i fianchi e scuotendo il seno enorme che le ballava sulle risate scroscianti come se fosse stato di gelatina, rispondeva a diritta e a mancina, e sempre a tempo.

- Dimmi la verità, lo piglieresti?

E l'Adelasia: - Meglio qualcosa che nulla!

- Dimmi la verità: ti ha mai abbracciato?

- E l'Adelasia: - S'avrebbe a provare! con un sorgozzone chi lo sa dove sarei capace di buttarlo!

- Eh! ma allora cara Adelasia, se non t'ha mai dato nemmeno un pizzicotto, a vederti così appetitosa (qui dalle risate qualcuno cascava perfino sotto la tavola) è segno che il Lella è ermafrodito,

- Sarà *manfruìto*, sarà quel che voglion loro, ma me mi ha fare il piacere di lasciarmi stare!

E su questo orribile bisticcio d'*emme*, calava la tela, perchè l'Adelasia andava a letto.

Quando che è, che cosa non è, si sparse la voce in paese che il Lella dimagrava a vista d'occhio; e che, viceversa, l'Adelasia ingrassava in modo indecente; finchè lo scandalo scoppiò, clamoroso, e ci dovè metter le mani il proposto.

Ma pareva che discorresse col muro!

L'Adelasia spergiurava su tutti i santi che era rimasta gonfia in quel modo dopo una memoranda scorpacciata di baccelli e di cacio salato, e il Lella, a chi lo interrogava, cacciava in faccia quei suoi due piccoli occhi di porco, e poi tirava innanzi, diritto, senza rispondere. Intanto funzionavano i totalizzatori e il paese s'era diviso in due parti.

I cattolici affermavano che il Lella era un uomo e non una scimmia e che da quell'unione sarebbe scaturito un cucciolo brutto, ma di razza umana; i socialisti, i liberi pensatori, etc. dicevano invece che l'uomo proviene diritto dalla scimmia e che il prossimo parto (mostruoso certamente) dell'Adelasia ne avrebbe fornita l'ampia riprova.

Finalmente però il proposto era riuscito a preparare ogni cosa, e il Lella, come quando andò alla visita militare, fu rimorchiato in chiesa e dal sindaco, dove non riuscirono a fargli dire di *sì* nè a fargli fare la croce sul registro, e poi, sempre muto, fu condotto colla sposa, incoronata di sèdani, a un banchetto luculliano dove mangiò in un modo spaventevole e s'ubriacò a morte, tanto che lo portarono di peso sul letto dell'Adelasia dove dormì ventiquattr'ore di seguito!

Era la prima volta che gli succedeva di dormire sopra un saccone...

E, finalmente, nacque il ragazzo, anzi la ragazza, una bambina meravigliosa, colle labbra di corallo e i capelli nascenti color dell'oro, una cosa da sbalordire, che fece cascare all'indietro, dallo stupore, il medico, la levatrice, tutti. Figurarsi la gioia dei cattolici!

Fu inscenata una dimostrazione, con delle rificolone dove il proposto aveva fatto scrivere: «Abbasso Darwin!» che qualcuno, per dir vero, confondeva con Lenin....

La verità non fu saputa che dopo tre o quattro anni, quando fu palese, come la luce del sole, a chi somigliava la bambina del Lella!

Ma chi avrebbe creduto, che un uomo serio come quello.... un padre di famiglia.... si mettesse a far certe cose? E lo scandalo fu tale che del povero Lella, così iniquamente giocato, non se ne ricordarono più, altro che quando morì di una indigestione di fichi.

PERCHÈ NON FERMARSI?

Possibile? Possibile che sotto un pergolato, come allora, ci fossero sempre, come allora, gli identici tavolini, forse gli stessi?

Eppure la stazione era quella, quello il *berceau*, quella la trattoria, dove trentacinque anni prima, egli era sceso dal «trenino» per aspettare il diretto di Roma!

Veniva, allora, dall'isola nativa, perduta in mezzo al Tirreno color di zaffiro e andava a Roma, dopo congedato dal servizio militare, compiuto a bordo delle torpediniere, con pochi soldi in tasca, una salute di ferro addosso e la mente piena di sogni rosei.

E i sogni s'erano avverati, in gran parte, se non tutti.

Il povero marinaro slanciatosi nei commerci, da Roma era passato a Napoli e da Napoli s'era imbarcato e via! in America. Aveva avuto fortuna e ora, tornava, agiato, se non ricco, ancora ben portante a poco più di sessant'anni, a rivedere il suo paese.

Storia vecchia quanto il mondo, banale e cucinata ormai in mille salse da mille novellieri diversi, nè varrebbe, proprio, la pena di raccontarla se fosse finita qui.

L'antico marinaro, che chiameremo Giorgio, non tornava al suo paese solamente per riposarsi e terminare la vita dov'era nato.

Ci tornava nella speranza di trovare il coraggio per romper quella solitudine che gli era stata compagna anche in mezzo ai tumulti delle grandi capitali e dei porti sonanti di traffici e di favelle diverse. In una parola tornava colla speranza di trovare, se non l'amore, la compagnìa. Ora era ricco e voleva realizzare il sogno della sua giovinezza.

Perchè, da giovine, aveva sognato (e non sempre invano!) di trovar l'anima gemella che lo comprendesse, che a lui, povero allora e derelitto, porgesse il conforto morale e materiale, che l'aiutasse a combattere e a vincere.

Codesto ideale aveva creduto di trovarlo, per un attimo, e in un attimo se l'era visto sfuggire.

E appunto in quella stazione solitaria, dove ora aspettava il trenino che non veniva mai, credè d'aver trovato la fortuna e la vide dileguare, a un tratto, così come gli era apparsa, simile a una visione notturna.

Ricordava.

S'era seduto sotto il modesto pergolato, a un tavolinetto di legno, e guardava, aspettando che il cameriere gli portasse da mangiare, il gioco dell'ombre turchine e degli occhi di sole gialli sulla tovaglia azzurra costellata di macchie di vino, quando ebbe la sensazione che qualcuno lo fissasse, alle spalle.

Si voltò e vide una ragazza vestita modestamente, ma col cappello, la quale, appena si accorse che egli l'aveva notata, girò gli occhi da un'altra parte, affettando indifferenza.

Mentre il cameriere metteva in tavola, la fanciulla chiese se il trenino avrebbe ritardato, e avuto risposta che avrebbe avuto un ritardo d'un'ora, cominciò a smaniare temendo di perdere la coincidenza con un piroscafo, il quale, dal prossimo porto, doveva condurla in un paese della costa.

Allora lui, che aveva in tasca, per combinazione, un orario, lo sfogliò e potè rassicurarla, perchè il piroscafo si fermava oltre un'ora nel porto dove lei avrebbe dovuto imbarcarsi.

Fu questo lo spunto, banalissimo, d'una conversazione fra i due, in seguito alla quale l'uomo cambiò di posto per non voltar le spalle alla ragazza, e che diventò sempre più appassionata, finchè come obbedendo ad una mutua, improvvisa, inspiegabile simpatia, fecero tavola comune e finirono per confessarsi le vicendevoli aspirazioni.

Tutti e due avevano un desiderio solo.... di fermarsi! Cioè di trovare, subito, ora che eran giovani, una compagnia sicura per proseguire il viaggio della vita ben più pericoloso ed arduo di quello intrapreso allora.

Naturalmente, non se lo dissero, ma è facile imaginare che lei avrà sognato che il suo ideale, oltre che giovine e bello e intraprendente e onesto e leale e buono, fosse anche ricco, e lui avrà sognato che lei, oltre che bella, fosse giovine, ricca e capace di comprenderlo.

Non si dissero nulla di tutte queste cose, ma seguitarono a discorrere di mille nonnulla, per un'ora filata, scordandosi perfino di mangiare e accorgendosi sempre di più di piacersi reciprocamente.

Eppure proprio quando sarebbe stato così logico fosse venuto in mente ad entrambi che in quell'incontro e in quella simpatia c'era il dito del così detto destino e almeno ad uno, all'uomo, fosse venuta alle labbra questa constatazione la quale, forse, avrebbe potuto bastare a farli soffermare e a riflettere; proprio allora, bastò il fischio rauco dell'asmatico trenino che arrivava, arrancando e sbuffando faticosamente, di fra mezzo alle siepi alle quali regalava gli stracci dei fumo turchiniccio perchè li stendessero sui loro rami spinosi, bastò quel grido che ruppe la quiete simmetrica della stazioncina color carnicino e lillà, perchè tutti e due dimenticassero quel che era avvenuto fra loro, e sentissero soltanto la fretta di ripigliare il cammino, senza dirsi altro, senza una spiegazione, nulla, voltandosi le terga e scomparendo col segreto di quei sentimenti che le bocche s'eran rifiutate di rivelare, chiuso ermeticamente nel cuore.

L'uomo ora, pensava a codesto ricordo lontano guardando il piccolo *berceau* della modesta trattoria, allorchè, a quella stessa tavola vide seduta una persona alla quale non aveva fatto, fino a quel momento, attenzione.

E si stropicciò gli occhi, per osservar meglio, poi si alzò, rimase un istante perplesso e finalmente s'avvicinò all'oggetto della sua attenzione.

Era una donna, press'a poco della sua età, vestita modestamente ma col cappello.

Eppure quelle fattezze non gli riuscivano nuove.... quel volto non era a lui sconosciuto.

La donna accorgendosi d'esser fissata, colla franchezza che le conferiva l'età non più fresca, s'era voltata e osservava l'uomo.

L'uomo non era cambiato gran fatto. Aveva i capelli riccioluti, come tanti anni prima, salvo che, ora, eran grigi, ma conservava la medesima corporatura e la stessa vivacità nello sguardo, sicchè la donna (poi che si trattava proprio di lei) fu la prima a riconoscerlo, e a rompere quell'imbarazzante silenzio....

E gli fece l'identica domanda che gli aveva fatto tanti anni avanti: Ritarderà molto il treno?

Fu questa domanda che illuminò, come un lampo di notte, il cervello dell'uomo. E riconobbe subito la donna.

- Questa domanda mi fu rivolta, in questo luogo, un'altra volta!

- Gliela rivolgevo io, allora! Sì.... son proprio io, ma ahimè! quanto cambiata!

- E io, dunque?

- Oh! meno di me! lei è ancora forte, ancora dritto, ancora capace di lottare, di vivere, io non son più che l'ombra di quel che fui.

- Ha avuto grandi dolori?

- Grandissimi. La vita m'è stata nemica. Separata dal marito col quale non conobbi che lagrime, dopo che mia figlia è stata sposa, sono rimasta sola, perchè il genero non vuole la suocera in casa e soltanto permette, che due o tre volte all'anno vada a trovarli.... Sono vissuta così, senza amore e mi domando ancora perchè ho vissuto. Lei ha moglie?

- No.... avrei dovuto prenderla subito, quando trovai la creatura che mi piaceva infinitamente.... tanti anni or sono.... Invece, chissà perchè, non ebbi il coraggio di pronunciarmi, e, invece di fermarmi, proseguii la corsa inutile e pazzesca verso l'ignoto....»

- Lo sa che se avesse pronunziato una parola, allora, la nostra sorte sarebbe stata completamente diversa?

- Lo so.... Ho passato tutto questo lunghissimo tempo a domandarmi perchè, quel giorno, tacqui. Ma non ho saputo trovar la risposta.

- Forse....

- Taccia, taccia - comprendo. Forse tutti e due si fu trattenuti nell'impulso reciproco, che ci spingeva l'uno verso l'altra, da quelle considerazioni d'indole materiale che, nella vita umana, paralizzano e deviano il corso naturale del nostro destino. Io pensai che ella fosse ricca e non ebbi coraggio di crearmi una illusione per timore di vederla dileguare....

- Io pensai che lei fosse povero ed ebbi paura che la simpatia con la quale era venuto verso di me fosse frutto di un calcolo improvviso e feci forza a me stessa per proseguire a camminare senza voltarmi indietro.... Oh! ma perchè non mi fermai?

- In quell'istante, scioccamente, abbiamo dunque spezzato la nostra felicità, precipitato nel nulla il nostro avvenire!

- Precisamente. La natura provvidenziale prepara, per mezzo del così detto *caso*, le naturali combinazioni per mezzo di affinità spontanee....

- E gli uomini, invece d'affidarsi all'istinto, pretendono di ragionare....

- E, sbagliata la via, s'aggirano senza rimedio per viottoli tortuosi, chiamando invano il bene che intravidero e che abbandonarono e da cui il tempo li separa continuando a calare fra l'una persona e l'altra velarii sempre più impenetrabili d'anni.

- Così.... è così.... è così!

Tacquero.

Nel silenzio della stazione, s'udiva trillare impertinente, insistente, monotono, noioso, il campanellino invisibile che annunciava l'imminenza del treno.

- E lei - chiese la donna - è ammogliato?

- No.... ma torno al mio paese per ammogliarmi.

- Ha dunque trovato....

- Nemmen per sogno. Ormai non mi resta che fare un matrimonio di calcolo; unirmi a qualche vedova, senz'amore e senza entusiasmo, così, con un contratto, come si forma una qualunque società commerciale.... unire insieme il reciproco capitale della gran noia della vita.... e assaporarne i frutti amari in due, finchè la morte non ci divida....

- Già.... io ho sofferto tanto, ed ho vissuto tanto per abbandonar tutto ed essere abbandonata da tutti.

- Io ho lavorato trent'anni per uno scopo ignoto e forse senza scopo....

- E non ha mai trovato, durante le sue lunghe peregrinazioni per così diversi paesi?...

- Il caso fa incontrare due anime una volta. Poi, basta!

La donna abbassò la testa, quindi, adagio, disse: Qualche volta le anime si ritrovano....

- Ma già divise dalla società umana. La società umana altera le leggi della natura.

- Gli uomini corrono dietro alla felicità mentre spesso la felicità è li, accanto a loro.

- Se l'umanità si fermasse....

- Il mondo sarebbe felice.

- Eppure nessuno si ferma.

- Perchè tutti chiediamo «di più».

Un fischio acuto fece tremare gli smerli leggeri della piccola tettoia di lamiera, poi il diretto fragoroso e fumante entrò nella stazione con un gran cigolare di ferri.

Gente salì, gente discese; sopraggiunse il trenino gremito di gente povera con fagotti di cenci, pallida nella luce mattinale, agli sportelli dei vagoni.

Si salutarono con un cenno.

L'uomo disse, afferrando la sua valigia e quasi parlando a se stesso: Perchè non fermarsi?

La donna rispose avviandosi al diretto: Non siamo più in tempo.

I due traini si mossero in direzioni opposte, carichi di persone che correvano, sfuggendo ai luoghi dove la natura le fece nascere, verso sconosciuti destini; e dal finestrino i due seguitarono a cercarsi cogli occhi finchè la curva della strada ferrata non li nascose l'uno all'altra, per sempre.

Per sempre? chi lo sa? un giorno tutti i corpi si fermano. E le anime? Si ricongiungono forse, se è vero che esse continuano, di là dallo spazio limitato del mondo, un loro cammino fatale.

UN MERLO.

Il signor Ottavio, tranquillo possidente di campagna, ritornò da caccia prestissimo. Tanto presto, che non trovò nessuno della sua famiglia in casa. Ed era logico, perchè il signor Ottavio, fra le molte sue doti, possedeva anche quella di una meticolosità esasperante, e, per nulla al mondo, sarebbe tornato al desco familiare dalla consueta, infeconda caccia mattutina, un minuto prima o un minuto dopo il mezzogiorno.

Chè se, per caso, l'orologio gli andasse male o l'avesse ingannato il sole, nascondendosi tra le nubi, il signor Ottavio aveva la stoica fermezza di aspettare, fermo sulla prima cantonata del paese lo scòcco del «vuotapentole» dopo di che, misurando il passo, faceva in modo da metter piede sulla soglia di casa appena l'ultima nota della campana, con un ronzìo sonoro, svanisse nell'aria!

Eppure, codesta mattina, quando il signor Ottavio non entrò, ma si precipitò in cucina, erano appena le dieci.

Di cucina passò in salotto, dal salotto in salotto buono, dal salotto buono nelle camere e non trovò nessuno.

Convulso, si tolse la cartuccèra, posò il fucile, si sfibbiò i gambali, si levò la cacciatora e i pantaloni; si cambiò camicia e solino, senza arrabbiarsi, come al solito, per via della cravatta, si vestì a festa, prese il cappello duro, aprì il cassettone, e, riempitosi il portafoglio di biglietti di banca da cinquanta e da cento, scappò via come un ladro.

A piedi, sotto il bel sole settembrino, il signor Ottavio scendeva rapidamente la via provinciale, ma il suo volto tradiva una intensa commozione, tanto che il merciaio, Semini, il quale lo raggiunse a piè dello stradone dei cipressi col suo cavallino fidato e trottatore, non potè fare a meno di soffermare la bestia per domandargli se si sentiva male e se voleva approfittar del veicolo.

Il signor Ottavio non se lo fece dire due volte, montò, e, appena fu accanto al merciaio, a cassetta, gli domandò dove andava.

- A Firenze!

- Che mi potrebbe accompagnare? Devo recarmici anch'io e per un affare che non ammette dilazioni....

- Si figuri! O non l'ho invitato a salire apposta? Piuttosto, se è lecito, vorrei esser rassicurato sul suo stato di salute, perchè lei non se n'abbia a male, mi pare stravolto, strafigurito, e dimolto: c'è forse qualcheduno, in casa sua, che si sente male?

- Dio lo volesse!

- Sarebbe a dire?

- Sarebbe a dire che a tutto c'è rimedio, caro Semini, fuor che alla morte!

- Gesummaria! Ma.... allora è successa una disgrazia a qualcheduno dei suoi?

- Iddio mi perdoni la resìa, ma credo sul serio che sarebbe stato meglio!

- Lei mi spaventa! O che diavolo può essere accaduto di peggio?

- Senta, Semini, lei mi conosce e da un pezzo, e fra le nostre famiglie non c'è mai stato un dissapore, uno screzio.... se le confido un segreto, ma un segreto terribile, lei giura di custodirlo?

- Fino alla tomba!

- Oh, sventuratamente, non le chiedo tanto; mi basta che lei faccia finta di non avermi veduto per tre o quattro giorni, finchè, insomma, non avrò fatto quello che vado a fare, per mia disgrazia, a Firenze.

- «Che Dio ci liberi! - pensava il merciaio fra sè tra incuriosito e dolente. - O cosa diavolo avrà fatto il povero signor Ottavio?». E frustava il cavallo, affrettandone il rapido trotto, finchè vedendo che il suo compagno rimaneva avvolto come se gli avessero murata la bocca, gli chiese: Vuole che pigli dalla scorciatoia? È strada peggiore, ma meno battuta....

- Mi farà una vera carità!

Come furono in fondo alla scesa e cominciarono l'erta aspra che dura oltre due chilometri, Semini abbandonò le redini sul collo al suo baio e si voltò in aria interrogativa verso il signor Ottavio; perchè non lo dava a conoscere, ma, in fondo, bruciava dalla voglia di sapere ogni cosa.

E il sor Ottavio non si fece pregare: Lei, cominciò con voce bassissima, guarda in me un infelice che per mèra fatalità vede ora se stesso sull'orlo della galera e la famiglia sull'orlo del precipizio.

- Ma cosa dice?

- Mi scruti bene, e capirà prima che abbia finito di discorrere.

Di fatti era irriconoscibile; due solchi profondi gli scavavano le guancie colorite di vermiglio dal frequente uso di Bacco e gli occhi infossati, febbricitanti, gli rilucevano di lacrime.

- Sì - continuò sospirando - tal quale ora lei può contemplarmi, io non sono più un uomo, ma uno straccio; perchè stamattina, proprio stamattina, io ho ucciso una donna.

Semini fece appena a tempo ad agguantare le redini e a salvare il calesse, con uno strappone dalla rotata d'un carro di bovi carico di pietre che scendeva giù cigolando, poi squadrò bene, da capo a' piedi, il suo interlocutore per assicurarsi che non fosse ammattito.

- Lei?! ha ammazzato...?

- Una donna. Nel bosco della Verzeta, circa un'ora fa.

- O chi era questa donna?

- E chi lo sa? Capirà bene che non mi son sentito il coraggio di star lì a guardarla; ma, appena avvenuta la disgrazia, ho levato quell'altra cartuccia dal fucile e son fuggito con quante gambe avevo.

- Ah! perchè.... è stata una disgrazia?

- Per forza! Voleva che mi fossi divertito ad ammazzarla apposta?

- Non dico questo.... insomma, com'è andata?

- Se le giuro che non lo so neppur io! M'è frullato un merlo e s'è posato sopra un macchione. Gli ho tirato subito, e quando sono andato per raccattarlo, dalla parte di là della macchia, invece del merlo, ci ho trovato una donna stecchita col suo bravo fastello di legna accanto.

- È terribile.

- Stia zitto! non mi ci faccia pensare!

E si stringeva la testa coi pugni come se avesse paura che gliela volessero portar via.

- E ora che cosa ha intenzione di fare?

- Veramente, ancora, non lo so neppur io....

- Ha avvertito la famiglia?

- Non ne ho avuto il tempo... e poi, sul primo momento, non ho pensato che a scappare.... ma ora sono in angustie per quei poveretti!

- Aspetti, ci penso io!

- Badi però a non rovinarmi!

- Lo dice per celia?

Erano arrivati in cima alla salita e incrociavano appunto con un baroccino carico di sensali. Semini fermò e disse a uno di loro: Voi, Bòbo, andate al paese?

- Diritto come un fuso; ho una fame....

- Bè.... Potreste avvertire la famiglia, qui, del sor Ottavio, che un affare importantissimo l'ha obbligato a recarsi a Firenze e non tornerà forse neanche domani, nè domani l'altro?

- Volentieri!

E il baroccino si perse per la china, guaiolando come un cane schiacciato, con tutta la martinicca serrata.

- La prima cosa intanto, - disse allegramente Semini, - è accomodata; ora si penserà al resto. Non pretenderà mica di andare a costituirsi come un babbèo.

- Ecco.... lei cosa mi consiglia?

- Senta.... Ha denaro con sè? Se no, senza offenderla, gliene impresto io....

- Credo d'averci un migliaio di lire....

- N'avanza! Lei ora, appena in città, si reca da un avvocato, gli racconta il suo caso, e si mette nelle sue mani; poi, mentre lui fa le pratiche per la libertà provvisoria, piglia il treno e scappa a Livorno.... ai bagni!

- Crede che me l'accorderanno?

- Su questo non c'è dubbio possibile.

- E se a Livorno m'acchiappano? Dovrei rifare la strada.... ammannettato come un malfattore?

- Ma chi vuol che l'acchiappi? Lei scende all'albergo e dà un nome qualunque.... il mio, per esempio....

- Ha ragione! Non c'è da far che così. Creda, Semini, gliene sarò riconoscente per tutta la vita.

Dall'avvocato l'attesa non fu breve; l'eminente uomo di legge era al tribunale e non arrivò che verso la una; prima che avesse sbrigata tutta la gente la quale faceva coda in anticamera, erano più delle due e il legale, colla busta sotto il braccio, stava per andarsene, quando Ottavio gli cascò quasi in ginocchio davanti.

- Vediamo - disse l'avvocato - vediamo di che cosa si tratta, ma in due parole, mi raccomando, perchè sacco vuoto non sta in piedi.

Ottavio fu telegrafico; l'avvocato l'ascoltò, giocherellando colla penna stilografica, e consultando ogni due secondi l'orologio, poi concluse, alzandosi: Ritorni, verso le quattro o le cinque, e mi porti una diecina di mila franchi. Occorre versare una cauzione, che mi pare sia piuttosto forte, carta bollata, mance agli uscieri etc. ed io, attualmente, non sono in fondi. Allora, alle quattro! E sia puntuale.

Ed uscì.

Ottavio era restato senza una gocciola di sangue nelle vene. Tuttavia, benchè digiuno e disfatto a quel modo, trovò la forza di ricordarsi di un ricchissimo signore al quale vendeva vino e cereali a grosse partite e ci andò subito.

Lo incontrò sull'uscio, che usciva di casa col sigaro in bocca, e, accompagnandosi con lui, strada facendo, gli narrò il fatto.

Il ricchissimo signore non obiettò verbo; entrò da un tabaccaio, comprò una cambiale, e lì, per la strada, colla penna stilografica la riempì e la fece firmare al signor Ottavio; d'interessi non gli prese quasi nulla, un vero favore da amico, l'undici per cento, quasi quanto la Banca....

Ottavio tornò dall'avvocato, versò le diecimila lire, poi gli disse: Io scappo a Livorno.... ma come faccio a sapere quando lei avrà ottenuto il mandato di libertà provvisoria, in modo da poter ritornare in seno alla mia famiglia?

- Ha un indirizzo convenzionale?

- E se alla posta non mi consegnan la lettera?

- Faccia così; legga tutte le mattine il giornale; penserò io a far pubblicare la notizia, a pagamento, s'intende. Lei poi mi rifonderà queste piccole spese....

- Naturalmente.... ma.... crede che anderemo parecchio in su?

- Caro lei, se la famiglia della morta si costituisce parte civile, come è naturale, può dire addio al più grosso dei suoi poderi.

- Per un merlo?

- Un momento, scusi.... rettifichi: per una donna!

Ottavio, uscì, barcollando, come un ubriaco, e fece appena a tempo a salire in uno scompartimento di seconda classe del treno in partenza per Livorno. Dove, appena giunto, si sentì così solo, così avvilito, così miserabile che, adocchiato un albergo di lusso con *restaurant*, pensò, entrandoci: Qui è meno facile che la polizia venga a far delle sorprese.... e poi ci si deve mangiar bene; mi ubriacherò, se no come faccio a passare la notte?

E mangiò.... Oh! se mangiò! i camerieri si accennavano quel campagnolo tarchiato e rubicondo che ordinava portate su portate mandandoci dietro serque di bicchieri di vino. Dopo cena, chiese della propria camera perchè si sentiva scoppiare, ma fu pregato, cortesemente, a passar prima dal *bureau*.

Vi andò, un po' incerto, imaginandosi forse di dover pagare anticipato, ma invece, a bruciapelo, sentì chiedersi nome, cognome, provenienza, e professione.

Se gli avessero fatto scoppiare un petardo ai piedi sarebbe stato meno sorpreso. Perchè lì per lì, come in una vertiginosa proiezione cinematografica, gli passarono per il cervello le istruzioni di Semini. Soltanto.... non si ricordava più il nome del suo amico merciaio, perchè Semini non era che un soprannome!

Scorse, dunque, come in sogno, la faccia glabra del cameriere che aspettava, quella, inquisitoriale, del *maitre*, gli parve di vedere irrompere la Polizia.... ma, ormai era tardi! ogni minuto d'attesa di più non faceva che comprometterlo maggiormente e il pover signor Ottavio, chiudendo gli occhi, dètte il suo *vero* nome!

Fu molto sorpreso nel sentirsi rispondere semplicemente: Grazie! e nel vedersi consegnar la chiave del numero venticinque, ed entrò in camera come un automa. La notte fu angosciosa, interrotta da incubi, e quando, a tarda ora, prese sonno, si addormentò così profondamente che il cameriere, impensierito, pensò di destarlo, verso le undici, battendo alla porta dei colpi furiosi.

Il signor Ottavio balzò dal letto, cogli occhi fuori di testa.

- Ci siamo! - pensò fra sè - ora m'arrestano!

E con voce strangolata dalla commozione, articolò: Avanti!

Il cameriere gli chiese se avesse bisogno del caffè.

Ottavio disse di sì e chiese, facendosi forza: Vorrei anche un giornale.... per leggere qualche novità.

- Subito, signore, ma novità non ce ne sono... l'Italia, caro lei, dorme, come sempre e la stampa si sfoga colla cronaca; stamani si figuri, tutti i giornali sono pieni d'un misterioso delitto.... una donna trovata assassinata in un bosco....

- Portatemi subito il giornale!

Come l'ebbe, lo scórse cogli occhi fuori dell'orbite.... ma il misterioso delitto era successo in Abruzzo! E della donna uccisa da lui, nulla! Che non l'avessero trovata? Che l'avvocato fosse riuscito a comprare il silenzio della stampa? Ma poi, facendo il conto dei soli giornali esistenti in Toscana, scartò, rabbrividendo, tale ipotesi. Il guaio invece era che la vita, su quell'*hotel* doveva costare un occhio e lui non aveva che un migliaio appena di lire! Perciò, appena scese, chiese il conto. Duecento lire colla mancia compresa.... bisognava mutare albergo. E così fece, ma la seconda notte fu peggiore della prima. Animali e pensieri notturni ridussero quella perla di uomo metodico e tranquillo in uno stato da far pietà, tanto che a bruzzico girellava di già intorno alla stazione aspettando con ansia i giornali. E i giornali vennero, il signor Ottavio li sfogliò ansiosamente.... e non ci trovò nulla.

Ora andava, per le vie popolate d'operai che si recavano al lavoro, urtando questo e quello, come un sonnambulo, fermandosi spesso a domandarsi se tutto quanto gli era successo non fosse che un brutto sogno. E la moglie, e la figliola maggiore, e il ragazzo, e la Rosa? Che cosa ne sarà stato? Avessero arrestato loro, per veder di scoprire dove s'era rifugiato lui? Già! ma i giornali ne avrebbero parlato! si trattava, sì o no, d'un omicidio? In fin dei conti la morta c'era, e morta bene.

Per la prima volta gli si parò davanti agli occhi l'estinta, rigida, colla bocca aperta, rigata da un fil di sangue, con un braccio sotto la fascina ruzzolata a piè della macchia e l'altro ripiegato sul petto. La vedeva bene, lì sul marciapiede, fra lui e il lampione.... per andare avanti avrebbe dovuto scavalcarla.... e fece un passo indietro cacciando un urlo.

La gente principiava a voltarsi a guardarlo, ma lui sentiva che, ormai, la misura era colma; aveva bisogno, bisogno, bisogno di confidarsi a qualcuno, di gridare, forte, il suo delitto, di scaricarsi di quel peso insopportabile, di fare sparire, sacrificando se stesso, la morta. E, a un tratto, con una decisione fulminea, tornò sui suoi passi, andò alla stazione, prese un biglietto per Firenze e montò nel treno che, per fortuna, partiva in quel momento.

A Pisa un maresciallo dei carabinieri si affacciò allo scompartimento, guardò dentro un istante e fece per riscendere.

- Voleva me? - chiese Ottavio, tranquillo, stoico, sublime.

- No! Perchè?

- Così.... credevo....

Il graduato se ne andò, scuotendo la testa in aria di compassione.

Arrivato a Firenze il signor Ottavio balzò in un *fiacre* e si fece condurre dall'avvocato il quale appena lo vide, spalancò le braccia: Giusto lei!

- Non ne posso più! vengo a costituirmi....

- Ma che costituzione d'Egitto!

- Come? ha ottenuto forse la libertà provvisoria? però i giornali....

- Ma che giornali! Bel sugo spendere tanti soldi e far fare anche a me, di queste figure!

- Si spieghi, per carità, perchè io impazzo!

- O non ha capito che quella donna non l'ha ammazzata lei? che era morta, d'un accidente, da diverse ore?

Il signor Ottavio cascò in una poltrona, senza fiato, mentre l'avvocato continuava:

- Già, proprio così! Se avesse guardato bene, invece di fuggire, se avesse avuto un po' più di sangue freddo....

- Cosa vuol che le dica? Avevo tirato a un merlo....

- E non aveva colto neanche quello, si figuri! E poi si vantava d'avere ammazzato una donna!

- E quanto mi costerà.... tutto questo pasticcio?

- Così a occhio e croce non saprei dirglielo, ma, capirà, la spesa delle carte bollate io l'ho fatta, gli uscieri avranno contato venti viaggi dal Tribunale alla Questura e ai Carabinieri per saper qualche cosa, il mio giovane di studio poi s'è recato lassù, a fare un sopra luogo particolare, nell'interesse della causa, per ordine mio....

- Basta! mi lasci andare a riabbracciare la mia famiglia; tanto ho bell'e inteso che l'unico merlo colpito, in tutta questa faccenda, sono stato io!

UN UOMO DECISO

Quand'ebbe accompagnato fino alla chiesa la salma della moglie, seguendo il feretro, solo, senza pastrano, col bavero della giacchetta rialzato e colla tesa del cappello sugli occhi, insieme a un incappato di bianco che reggeva in una mano un lanternino rossastro, il lanternino dei poveri, Cinci, che era filosofo, pensò: Le disgrazie non vengono mai sole, ora mi capita addosso qualche altra frana, dicerto.

E siccome aveva soggezione a sdraiarsi nel letto dove c'era morta lei, passò la notte, al buio, per mancanza di candele, di petrolio e di luce elettrica, nello sgabuzzino della casa dove i padroni li tenevano per carità.

Lei pigliava la posta, le ambasciate e spazzava l'atrio, e lui ricuciva i tacchi.

Ora però s'era quasi accecato, e lei a morire aveva guadagnato tante sofferenze di meno perchè aveva un cancro.

Tutti i calzolai sono filosofi; la vita sedentaria abitua al ragionamento e Cinci s'era consolato riflettendo che la sua moglie a campare ci avrebbe rimesso un tanto e che lui, dovendo ormai guadagnar da mangiare per uno solo, poteva smettere il mestiere di ciabattino.

E siccome sapeva, come si è visto, che le disgrazie non capitano mai sole, aspettava con curiosità, quasi con piacere, quel che gli sarebbe successo.

La mattina dopo il funerale, il padrone di casa, con un di quei visi melati che sanno pigliare solamente i signori quando vogliono assassinare un povero pretendendo in pari tempo di dargli ad intendere di salvarlo, entrò in bottega del ciabattino e gli disse: Non subito veh! perchè fra noi ci s'accomoda sempre.... ma, fra poco tempo, bisognerà che mi rendiate libero questo locale, perchè ho deciso di metterci i manifattori.... capirete: le tasse aumentano, quartieri sfittati non ne esistono più e il Commissario degli alloggi m'ha fatto avvertire....

Ecco il tegolo! pensò Cinci, e si fregò le mani tutto contento.

- Va bene, va bene - rispose.... - io glielo lascio libero anche subito.

Il proprietario trasecolò.

- Le domando tempo soltanto fino a domattina.

Il padrone sentì intenerirsi, a causa, s'intende, della facilità con cui s'appianavan le cose, però non potè esimersi dal domandare: Ma.... dove anderete?

- Via.... muto paese.... non mi posso più vedere qui dove ogni cosa mi rammenta quella disgraziata.... Vede? non m'è riuscito nemmeno di dormire nel mio letto.

E col gesto di un milionario che, dopo una sventura, decide di andare a fare un viaggio in Oriente, per distrarsi, accennava il materasso di lana sul quale era spirata la compagna della sua miseria.

- Per fortuna - disse, tanto per dir qualcosa, il caritatevole proprietario - per fortuna non avete figliuoli....

- Per disgrazia, deve dire, perchè i figliuoli son provvidenza.... ma quel che non è stato può essere e chissà, se ripiglio moglie.... Basta.... è meglio che vada subito a sistemare i miei interessi. Il tempo è moneta!

E con queste parole, Cinci che non aveva mai avuto un soldo, lasciando l'uscio di casa aperto (tanto, che cosa gli potevan rubare?) e il padrone rimbecillito, con aria risoluta, trasfigurato, ringiovanito dalla disgrazia, uscì.

Il proprietario credette per fermo che la donna avesse lasciato un libretto alla cassa.

Nemmen per idea!

Cinci contrattò semplicemente la vendita del bischetto, di tutti gli arnesi del mestiere e del materasso, e col ricavato comprò un bel barroccino, dei panieri di frutta, una pentola di lupini, una padella e un fornello usati, dei marroni secchi e dei marroni da castrare e con quella mercanzia andò a stabilirsi in un paese vicino.

La prima notte dormì sotto i loggiati della piazza, ma dopo avere ottenuto regolare permesso e il posto mediante un foglio da cinque lire (l'ultimo!) all'incaricato del comune, la mattina, per tempissimo, era al suo barroccio trasformato in banco, che vendeva bruciate, salava lupini, e smerciava mele e pere come se nulla fosse. Fra la prima e la seconda messa incassò il doppio di quel che aveva speso.

- L'uomo salvatico si rallegrava al tempo cattivo.... e aveva ragione!

Così concludeva la indefettibile filosofia di Cinci.

Però gli parve un po' strana la mancanza... di concorrenza e se ne informò presso un mucchio di sfaccendati che dall'alba erano rimasti impalati a guardarlo come se fosse un fenomeno.

Da principio nicchiarono e risposero evasivamente, ma poi uno disse a Cinci: Caro voi.... quel che avete fatto, avete fatto.... per via che il Rospo è al Mercato in città; c'è andato tardi a causa della sbornia che prese ieri sera.... ma ora quando torna e vi ci trova, colla prima pedata il vostro barroccino va a finire in mezzo alla piazza e poi tocca a voi!

- Ma io....

- Ma non vedete che non c'è un ortolano a pagarlo un occhio del capo! In questo paese chi faceva la concorrenza al Rospo ha dovuto mutar mestiere.

- O.... che è un uomo forte di molto?

- È alto come il campanile.

- Sicchè non ne ha mai buscate?

- Siete matto? chi ci si mette con quella belva feroce?

Cinci, che era alto quanto un soldo di cacio, non aggiunse verbo e buttò un'altra manciata di carbone sul fornello delle castagne.

Il suo interlocutore gli si mise vicino e pigliandolo per una spalla e scrollandolo, gli chiese, forte, in modo che anche tutti quegli altri, i quali avevan fatto capannello dintorno, lo udissero: Ohe! ma non avete sentito?

E siccome Cinci, assorto a riflettere, non rispondeva, gridò ai curiosi, che rimasero a bocca aperta: Uomo avvisato, mezzo salvato.... io l'ho avvertito.... ora faccia un po' lui!

Proprio in quel momento il ciuco bolso del Rospo spuntò in cima alla piazza e tutti si sparpagliarono ai quattro venti come uno stormo di passeri.

Cinci, olimpico, tranquillo, sublime, sventolava il soffietto davanti al suo fornello, come se fosse stato chiuso a chiave dentro la cucina di casa propria.

Ma quelli che s'eran allontanati, non erano però andati via, e da ogni cantuccio, da ogni spigolo di muro, di dietro ogni pilastro, di fra gli sporti socchiusi delle botteghe, dalla gelosia di qualche finestra, spuntavano un naso ed un occhio di qualcuno deciso a godersi la scena.

Il Rospo intanto, che non aveva ancora veduto nulla, stava schioccando, secondo il suo costume, fragorosamente la frusta, quando, a un tratto, lo colpì la vista del barroccino coi panieri vuoti e la teglia da bruciataio di Cinci che seguitava a soffiare con crescente energia, e l'ultimo schiocco di frusta rimase a mezz'aria.

In tutta la piazza si sarebbe sentita volare una mosca, da tanto era alto il silenzio; silenzio pauroso perchè c'era da aspettarsi, da un momento all'altro, una strage.

Il Rospo, al quale era quasi venuto un accidente dallo stupore e dalla bile, passato il primo attimo d'incertezza, buttò via la frusta, dopo aver fermato il ciuco, e si attorcigliò e si strinse ai fianchi la fusciacca di lana rossa; poi dondolando le spalle enormi sulle gambe arcuate s'indirizzò alla volta di Cinci apostrofandolo con la voce stentorea: Che cosa ci fai, te, qui?

E Cinci, che aveva già riflettuto, senza scomporsi menomamente posò il soffietto, e piccin, piccino, si fece incontro al Rospo e gli gridò con la sua vocina acuta come quella d'un galletto marzolo: Vendo! e non ci voglio altri! e levatevi subito di torno, se no guai!

E dicendo questo con quattro salti s'era fatto vicino al Rospo il quale, dalla sorpresa, era rimasto mutolo un'altra volta.

Bastò quell'istante di incertezza perchè Cinci, in base al suo piano disperato, ne approfittasse.

Tutti i nasi che spuntavano curiosi dalle cantonate, dai cantucci, dagli spigoli, dalle colonne, dagli sporti socchiusi delle botteghe, doverono allungarsi d'un palmo per la meraviglia, perchè Cinci, portatosi dalla parte dove il terreno scosceso saliva, in modo da rimanere quasi al livello del Rospo, con un lancio, gli lasciò andare, colla mano mancina, un tale schiaffo che i quattro angoli della piazza ne echeggiarono e al gigante cascò in terra il cappello.

Poi, tirandosi indietro e cacciandosi la destra nelle tasche dei pantaloni, l'omino strillò al colosso: Se tu fai un passo, ti tiro una revolverata! va' via!

Il Rospo raccattò il cappello, e rispose: E io ti faccio arrestare.

E corse in traccia dei carabinieri. Ormai la strage non sarebbe avvenuta più!

I carabinieri, che s'eran trattenuti dietro la macelleria di Cice per veder come andava a finire, si fecero avanti spontaneamente e di corsa furono addosso all'omino.

- Consegnaci la rivoltella!

- Eccola! - disse Cinci; e tirò fuori di tasca la pipa.

Il Rospo rimase confuso, mentre una fischiata omerica gli rintronava le orecchie; si provò a far la voce grossa e a minacciare i più vicini, ma una torma di ragazzacci, stando a prudente distanza dalle sue braccia spietate, rincarò la dose dei fischi tanto che egli stimò prudente di battere in ritirata, col ciuco, gli ortaggi e ogni cosa.

Ma Cinci lo richiamò indietro: Se volete vendere, gli disse, vendete pure.... ma all'opposto angolo dello piazza e senza rompermi le scatole, se no, son bòtte.

Il giorno dopo anche gli altri venditori rimisero fuori i loro banchi dopo aver chiesto il permesso a Cinci, ormai salutato come un liberatore. Quanto al Rospo nessuno lo riconosceva più.... anzi, non si riconosceva più nemmeno lui, da se stesso. Gli pareva d'esser diventato piccino, sentiva che tutta la sua forza se n'era sfumata, in un attimo, collo schiocco di quel ceffone che (in verità) non avrebbe ammazzato una mosca. E ora, quando la sera il gigante entrava nel caffè, non urlava più colla voce tonante: «Un ponce, e di corsa!» ma quando passava Bista lo tirava per una manica sospirando: «Il solito, per piacere....».

E Bista rispondeva con aria di me ne infischio: Appena ho servito quel tavolino laggiù, ve lo porto anche a voi!

GLI SPOSI

Quando Enzo tornò dalla guerra era profondamente mutato.

In paese non lo riconobbero neppure.

La mamma gli era morta durante quegli anni di passione e in casa trovò, oltre la vecchia zia che spadroneggiava fino da tempi immemorabili, anche una novità, la moglie del fratello, il quale amministrava i poderi.

Il fratello, subito dopo che Enzo ebbe cenato, lo chiamò nello scrittoio.

Enzo non ci voleva andare, ma quello insistè tanto, che, finalmente di malavoglia, si decise a contentarlo.

Lo studio era sempre lo stesso, colla vecchia scrivania di noce impiallacciato e intarlato, i registri colla costola di panno verde spelacchiato e il ritratto di Pio Nono e di Canapone alla parete, ai lati d'un crocifisso nero irriconoscibile sotto la patina d'unto.

- Se tu vuoi vedere le partite, - cominciò il fratello con voce melliflua, - questi sono i libri a tua disposizione. Con questa guerra gli affari sono peggiorati, ma io ho rialzato la rendita col commercio del vino; le cose vanno bene e se tu mi vorrai aiutare anderanno meglio in seguito.

- Ma tu credi - disse Enzo che io vorrò strascicarmi fra la casa e i poderi, senza far nulla, come prima?

- Non capisco!

- Chi lavora, secondo me, soltanto chi lavora, ha diritto di mangiare, oggi.

- E noi, scusa, che cosa si fa?

- Bella roba! andare, a guardar l'opre, fumando la pipa, e contare il vino e l'olio coi contadini che l'hanno prodotto!

- Enzo!

- E poi, te l'ho detto, io voglio lavorare.

- Allora vuoi andare a star da te!

- Secondo!

- Come, secondo?

- Prima di tutto, voglio pigliar moglie.

- E chi te lo impedisce? Capiterà di certo, qualche buona occasione; anzi avrei in ponte per te un certo affare....

- Ah! quanto a codesto, ho bello e provveduto da me.

Seguì un silenzio penoso.

- E.... di dov'è, se è lecito?

- Ma.... di lassù!

- Una «forestiera»!

- Una veneta.

- Sarà di buona famiglia.....

- Non ha più nessuno. Tutti inghiottiti dalla raffica, dalla guerra....

- E di dote?

- Il vestito che ha addosso.

- Dico, Enzo, ma che sei impazzito?

- Le voglio bene, mi vuol bene.... non basta?

- No, che non basta. Pensaci.

- Ci ho bell'e pensato.

- La sposi?

- L'ho sposata.

- E dove?

- A Firenze. Vo a pigliarla domattina. Se ce la volete in casa, bene. Se no, dammi la mia parte. Ora ho sonno.

- Non vuoi neanche ragionare con me delle nuove pretese dei contadini?

- I contadini hanno ragione.

- Come, ragione?

- Quelli che hanno fatto la guerra, hanno sempre ragione.

S'avviò, col suo passo dinoccolato, per andare a letto.

Il fratello, Giovanni, completamente disorientato, andò in cucina a cercar della moglie. La trovò esterrefatta davanti a un fiasco di vino, vuoto.

- Tutto, capisci, tutto se l'è bevuto il figliolo del contadino, l'ex attendente di quel bel signorino lassù! Oh! ma se crede d'esser ritornato per mandarci in rovina, la sbaglia di grosso. Ma che cosa hai? Non mi sembri più te?

- Cose grosse, Ernesta, cose gravi. Questo pazzo, domani, ci porta in casa la moglie....

- Come tu hai detto?

- Una di lassù, senza un soldo, una sconosciuta, una....

- Gesù, Giuseppe e Maria! Ne sa nulla la zia?

- E vuoi dirglielo ora, così sull'ora della digestione?

- C'è da farla morire d'un colpo!

Spensero i lumi e si ritirarono in camera, dove, spogliandosi, seguitarono a discorrere a voce bassa. Come furono a letto, lui disse piano: D'altronde, anche a dividerci, che cosa faremo?

- Ma io con una donna simile sotto lo stesso tetto non ci campo davvero!

- Ma non capisci che a dividerci si fa due lotti troppo piccoli; il patrimonio è debole.... invece stando uniti, col commercio del vino....

- O se quell'altro non vuol saperne di nulla!

- E poi, a una resa di conti, c'è gli avvocati, di mezzo, i periti, il ragioniere.... si viene a scoprire ogni cosa....

Cercarono d'addormentarsi, ma fu una brutta nottata.

La mattina, prestissimo, quasi di buio, Giovanni mescendosi il caffè, domandò alla vecchia Rosa se avesse udito rumore in camera di Enzo, se le pareva che si fosse levato.

- Levato? È andato via che saranno state appena le cinque!

- A piedi?

- No, no.... ha attaccato la cavalla.

- La cavalla! Per Dio santissimo! ma ne avevo bisogno io! Qui la faccenda va a finir male.

Bevve il caffè, scottandosi, poi, a salti, montò le scale e andò dalla moglie.

- Quel pazzo è andato a Firenze!

- A pigliar la moglie?

- Probabilmente.

- E ora come si fa? Bisogna dirlo alla zia Amabile!

- Io non ho coraggio davvero!

Ma la zia Amabile aveva sentito un insolito trapestio e s'era bell'e levata. Si affacciò, a un tratto, in *corset* e in pianelle coi cernecchi ravvolti nei *diavolini* sopra le tempie vuote.

- Ditemi la verità, è successo qualcosa!

- Diglielo tu!

- Diglielo tu!

- Ma non mi tenete così sulle spine! Forse Enzo si vorrà dividere?

- E chi lo sa? Fatto sta che ha preso moglie.

- Moglie?!

- Moglie.

- Ma dove l'ha presa? chi ha preso?

- E chi lo sa? Dice che è una di lassù! e che non ha nemmeno la camicia addosso. Io non so altro.

Bisognò che allungassero una poltrona alla zia alla quale era preso il solito affanno; giungeva le mani e alzava gli occhi al cielo, come se fosse lì lì per spirare.

Passarono alcune ore d'angoscia consolandosi a vicenda, parlottando fra di loro a voce bassa, studiando che camera avrebbero dato agli sposi, che cosa avrebbero fatto da desinare, che contegno avrebbero tenuto verso l'intrusa.

Verso le dieci la zia si sentì meglio e potè, coll'aiuto della donna e della cognata, fare sparire un po' di biancheria che fu nascosta in un ripostiglio a muro, dietro la stanza dei caratelli. Quanto alle chiavi fu deciso che le avrebbe tenute lei per non far nascere discussioni fra le cognate.

Poco prima di mezzogiorno si sentì il calpestio del cavallo ed Enzo entrò sotto il portico schioccando la frusta.

I contadini e le contadine, avvisate dalla Rosa, corsero tutti a vedere.

Dal calesse scese una bella ragazza, un po' patita, bionda e cogli occhi celesti, vestita dimessamente di blù.

Le contadine e la Rosa notarono subito le sottane, eccessivamente corte, della signorina; e la zia, che mantenne un contegno freddo, mentre, invece la cognata abbracciò e baciò la sposina con grande effusione, non mancò di farglielo osservare. Poi le domandò se sapeva far da cucina.

Qui intervenne Enzo dichiarando che lui non voleva assolutamente che la moglie si sciupasse le mani; del resto, da cucina non sapeva fare, ma ricamare e insegnare, perchè aveva la patente di maestra.

A pranzo parlò quasi sempre la sposa; raccontò la sua vita, le sue sventure, disse del gran bene che voleva a Enzo il quale le aveva ridato la speranza e la vita.

La cognata a questo punto non potè fare a meno d'interromperla esclamando: Tutte illusioni, sai, bambina! i primi giorni del matrimonio la vita pare tutta di latte e miele, ma dopo un poco te n'avvedrai! Gli uomini sono tutti uguali e presto o tardi ci pigliano a noia.

La zia disse con il suo accento più agro: È per questo che io, che ho sempre avuto giudizio, non ho voluto marito!

Enzo a questo punto s'alzò, buttando via il tovagliolo con rabbia.

Quelle poche parole eran bastate a delineare le rispettive posizioni; ora, fra le cognate e la zia, c'era di mezzo un gran fosso e nessuna l'avrebbe potuto più saltare, neanche volendo,

La moglie di Enzo si faceva piccina piccina; era divenuta d'un umiltà quasi servile verso le altre due che la trattavano con alterigia, quasi fosse un'intrusa. La mattina si levavano a buio per bever loro il primo caffè e poi lasciavano il fuoco spento e mandavan la Rosa a fare la spesa; a tavola si servivano avanti, e mai un garbo, mai una gentilezza o un sorriso! Ma i contadini se la dicevano colla sposina e le portavano ova fresche e frutta per far dispetto a quell'altre che si consumavano dal livore. Allora la cognata andò a dire a tutti che la sposina prima d'esser moglie, era stata l'amante di Enzo e un giorno glielo disse anche a lei, per farle vedere che lo sapeva e per costringerla ad arrossire. Le passò un braccio attorno al collo e le sussurrò in un orecchio, con un sorriso da iena: O come tu hai fatto a non rimanere incinta, prima che ti sposasse?

Ma le signore del paese, quando si fu bene sparsa codesta ciarla, cominciarono a struggersi dalla curiosità e fu una gara a chi riuscisse per prima a conoscere la sposina; la invitarono di qua e di là, le fecero un mucchio di complimenti e quando trovavano la zia o la cognata non mancavano mai di esclamare: «Quanto è carina la sposa d'Enzo»!» per farle crepar dal dispetto.

Enzo, alla resa dei conti, prese quel che gli dette il fratello senza neanche voler guardare i libri e, per la prima cosa, lui e la sposina fecero dir due messe ai defunti e vi assisterono personalmente. Dopo la messa andarono in sagrestia e lasciarono cinquanta lire per i poveri, con immensa edificazione del signor proposto.

La sposina rimase incinta e la cognata disse alla zia: Anderà tutto bene.... i figliuoli delle p.... hanno fortuna.

Ma la zia, a cui la nuova nipote aveva ricamato colle sue mani e regalato due stupende fodere colle iniziali a punto a giorno e i fiocchi celeste pallido, le voltò le spalle e si ritirò in camera sua sbattendo la porta.

La vecchia zitella sentiva qualche cosa dentro di sè che non sapeva spiegarsi. Una specie di rabbia e d'affetto, insieme, verso quell'intrusa che sorrideva sempre e non s'arrabbiava mai, verso quella strana creatura la quale era più elegante in casa che fuori, alla quale un nastro, una cintura, una gala bastavano per far rivivere un abito vecchio, per illuminare e render seducente una vestaglia usata.

La vecchia zia, imbronciata, si trattenne tutto il pomeriggio a rassettar la camera e a rimettere a posto, dopo averli spolverati, i gingilli sui cassettoni intarsiati coperti di tovagliolini colle frange in ricamo come gli altari.

Quando fu il crepuscolo, la vecchia spalancò la finestra che dava sull'orto e si mise a guardare, con tenerezza, il verde dei limoni e delle aiòle da cui saliva un penetrante odore d'*olea fragrans* e di girani fioriti.

L'orto era tutto avvolto nella nebbia violetta del crepuscolo e le piante immobili nella calma perfetta di quel vespro sereno pareva ascoltassero attonite la melodia tranquilla delle campane della chiesa vicina e gli squilli velati e lontani che si rispondevano da tutti i monti. L'*Angelus* si diffondeva lievemente per l'aria olezzante, come se il profumo fosse esalato, a guisa d'incenso, dal suono; come se il suono fosse odoroso.

La casa era vuota e triste in quell'ora languida, la Rosa e la moglie di Giovanni dovevano essere in chiesa, Giovanni sarebbe tornato dai poderi all'*un'ora*.

La zia, appoggiata al davanzale, si sentì agitare da un malessere che non avrebbe potuto spiegarsi; le parve di dissolversi in una gran dolcezza, pensò di morire e si mise a pregare, mentalmente.

In quel punto apparvero Enzo e la sua sposa, abbracciati, fra l'aiole, soffermandosi ogni pochino a baciarsi. Sussurrarono:

- Quanto bene ci vogliamo noi?

- E chi può dirlo!

- È per questo, sai, che gli altri ci odiano, forse; perchè sentono che ne siamo troppo dissimili, che abbiamo raggiunto la verità nell'amore. Eppure, se immaginassero quanto bene vogliamo anche a loro! Che non desideriamo nulla, che non desideriamo il denaro, che ci basta la nostra quiete serena, il nostro cantuccio di mondo!

- Ma perchè saranno così cattivi?

- Cattivi? Non sono mica cattivi, sai? Soltanto, non hanno mai contemplato il dolore e non conoscono, quindi l'amore che nasce, logicamente, da lui. Se la zia sapesse quanto abbiamo sofferto, comprenderebbe il diritto che abbiamo alla felicità e, riversando il suo affetto su noi, troverebbe forse uno scopo alla vita, riempirebbe il vuoto che è nel suo cuore. Ma noi lavoreremo e insegneremo a lavorare anche a lui, a nostro figlio....

Ora le voci non s'udivano più; si erano perdute insieme alle due figure, strettamente avvinte, ravvolte ormai dall'ombra crescente che accendeva lumi nelle case e stelle nei cieli. La zia si staccò dalla finestra, si gettò traverso al letto e pianse, silenziosamente, a lungo.

Quando la chiamarono per la cena, la stanza era piena di vivo lume lunare e di tremule tirate di grilli.

La vecchia s'asciugò gli occhi, ma prima di scendere, andò al cassettone, prese il testamento con cui lasciava erede universale Giovanni e lo stracciò in mille pezzi.

QUELL'IMBECILLE DI NANDO!...

Appena ebbero seppellito il babbo, subito la mattina dopo, i due fratelli Sarisi chiamarono il terzo fratello, il più giovane, ma che era come se non ci fosse, e gli annunziarono il loro fermo proposito d'addivenire alla divisione della casuccia paterna, del poderello e della mobilia.

Nando Sarisi, precocemente invecchiato dall'ozio e dal vizio di sbevazzare e fumare a pipa, pareva il nonno di quegli altri due, grandi e forti, nonostante i capelli grigi e i baffi color sale e pepe.

In paese tutti li temevano per la loro prepotenza e appena il vecchio Gigione detto Pinaverde (da quanto era avaro!) si fu irrigidito, le comari si tramandarono di bocca in bocca l'avviso - Attenti! perché ora fra quei due manigoldi, per l'interesse, succede qualcosa di grosso davvero!

Del terzo, di Nando, nessuno se ne curava, perchè, tanto, era rimbecillito....

L'eredità non era gran cosa; ma, si sa, l'unione fa la forza e finché il vecchio Sarisi era stato in piedi, avevano potuto campare col proprio.

Tanto, esigenti non erano e avari, invece, sì.

A quei tempi un podere e una casa, da mangiare lo davano, a chi si contentasse di poco.

E i due Sarisi volevano soltanto una cosa: mangiare e bere senza bisogno di lavorare per conto degli altri; e risparmiare, magari il centesimo, per abbellire il poderuccio sul quale tutti e due avevano messo gli occhi ugualmente mentre il babbo era ancora in vita.

Ciascuno dei due sapeva che sopra un podere si vive, ma sopra una casa, no. Per conseguenza ognuno, in cuor suo, era certo che il podere sarebbe toccato a lui, in un modo o nell'altro.

C'era poco da scegliere, non si potevano far che due lotti: la casa e il podere.

Due lotti? E Nando?

Prima di tutto Nando era un imbecille; e poi, ciascuno dei due fratelli, conoscendolo così pigro e noncurante, aveva l'idea di fargli la proposta di restare a mezzo nel lotto del podere, per evitare di dovergli rifondere in contanti la differenza.

Perché eran sicuri che lui non avrebbe mai preso moglie, mentre loro, benché già maturi, anelavano il momento di potersi impadronire del poderuccio e metter su donna, uno straccio di donna, veh! ma tanto da avere qualcuno capace di porgere un bicchier d'acqua o di cuocere una zuppa meno schifosa di quelle che avevano mangiato fino allora.

In tal modo, con questa visione gretta delle loro cose e dei loro affari, meschini, poveri, astiosi, sudici, malvisti, soli, i due fratelli Sarisi aspettavano con ansia che il vecchio padre tirasse le còia e si sorvegliavano l'uno coll'altro, pronti a sgozzarsi piuttosto che rinunciare, rispettivamente, al podere.

E Nando, quell'imbecille, con un fiasco di vino sotto la seggiola di paglia, già rattrappito dai dolori, colla pipa di coccio fra le labbra dove i denti tentennavano, gli occhi fissi nel vuoto, sulla soglia dell'uscio, al sole come le lucertole, vegetava.

La casa era scortecciata, abbandonata, guasta; il muratore e l'imbianchino non ci si erano accostati chissà da quanti anni, l'umido aveva permeato le pareti fino a metà, e l'intonaco gonfiava, screpolando e cascando a pezzi; la mobilia, gli infissi si sfasciavano e traballavano, la polvere nei cantucci era divenuta poltiglia.

Negli ultimi tempi, quando ormai il vecchio Pinaverde era allettato, Nando, zoppicon zoppiconi, mentre i fratelli erano nel campo a cuocersi al sole, con la scusa di assistere il babbo malato, gironzava per le stanze, e guardava, attentamente, ogni cosa.

Un giorno Pinaverde, che aveva perduto la favella da parecchio tempo, da quando, cioè, gli venne il primo tocco, cominciò a muover la bocca bavosa e a roteare gli occhi piccini e verdi, di faina, agitandosi tutto come se volesse dir qualche cosa....

Nando, che sedeva, fumando, sopra una ciscranna vicino al letto, scosse la pipa e si chinò sull'accidentato come per raccappezzarsi; ma dalla strozza del vecchio non uscivano che suoni inarticolati; soltanto le mani, agitandosi, pareva indicassero verso il campo là fuori....

Nando, che era un imbecille, naturalmente, non capì che il babbo voleva quegli altri due figliuoli, probabilmente per dir qualche cosa che li interessava tutti e tre, ma rimase lì, a guardare il vecchio che si disperava, senza muovere un passo.

Finchè l'accidentato, cogli occhi fuori dell'orbita, paonazzo dallo sforzo e dalla bile, mutò gesto, e cominciò ad accennare in giù, sempre in giù, come se avesse voluto sprofondare il pavimento.

E quell'imbecille di Nando, duro!

Finalmente il vecchio, spossato, rantolando, piombò in un coma profondo e non si mosse più.

Allora quell'imbecille di Nando si strascicò sulla porta e aspettò che calasse il sole.

Nel vespro cenerognolo, tra lampi di luce fosforica, tornavano muggendo i bovi dal lavoro e anche la voce dei due fratelli Sarisi si sentì, irosa, dietro la siepe bassa.

Avevano litigato, e ora si rinfacciavano di non possedere neanche una di quelle belle coppie di manzi bianchi che oscillavano strascicando il plaustro dipinto di rosso sulla strada violetta sotto le grandi nubi color cenere orlate di sangue e d'oro dal sole morente....

Nando, appena li vide, s'alzò con premura, zoppicando, e borbottò: «Il babbo»....

- Bè? che c'è? muore?... è morto?

- No.... ma.... ha avuto un momento di.... come si dice?

- Di parossismo?

- Di crisi?

- No.... una cosa di bene....

- D'intervallo? di lucidezza?

- Ecco, precisamente, così....

- Ma guarda di spiegarti, imbecille!

- Che cosa volete che sappia io? Poco ci ho potuto raccapezzare....

- Perdio! ma come? ha parlato?

- Parlato proprio, no; ma ha detto qualcosa....

Ognuno dei due fratelli agguantò Nando per un braccio con forza tale che il disgraziato si ripiegò su sè stesso, urlando. Ohi!... ma il grido che emisero fu uno solo ed unanime: «Il testamento! ha fatto testamento! ti ha detto dove l'ha nascosto? Discorri! subito! su!»

- Non ho capito bene! farfugliava....

- Tu mentisci!

- Ve lo giuro sull'anime sante del purgatorio! - balbettava.... non s'intendeva una parola....

- Ma non capisci, vigliacco, che tu ci assassini, a lasciarci nel dubbio così?

E corsero in camera dell'ammalato e buttarono all'aria i cassetti del canterano, la cassa di legno coi piè di leone, il comodino dell'impero, tondo, fatto a guisa di colonna e scannellato, ma non trovarono nulla.

- Ha fatto nessun gesto? - chiesero a Nando che seguitava a star mutolo guardandoli rintontito.

- Sì.... ha accennato in su....

- In su? vorrai dire in giù.... perchè ormai non ci resta che guardare sotto i mattoni del letto.

- E io vi dico in su.... verso la finestra....

- Perdio! ci siamo!....

I due fratelli si scambiarono un'occhiata di disperazione.

- Ha fatto testamento a Mercatale!....

- Dalla figliola! Quando ci andò l'ultima volta, prima d'ammalarsi....

- Gliel'hanno fatto far quei vigliacchi dei suoi!

- Siamo rovinati!

- Rovinati? Prima li voglio vedere nel cataletto! Andiamo lassù....

- Andiamo! si mangia un boccone, ci si riposa, e domattina presto....

- Gli si piomba in casa inaspettati!

- Io piglio il fucile....

- E io la roncola arrotata di fresco, e, vero Dio! se non gliela metto alla gola mi fo sbattezzare! Tu lo vedrai se cantano!

Appena furon partiti, quell'imbecille di Nando scese in cantina e cominciò a guardare attentamente ogni cosa; alzò, a una a una, le fascine e le legne facendo fuggire ragni, piattole e topi; battè, colle nocche, alle pareti per sentire se ci fosse, sotto l'intonaco, qualche cavità, alzò la lapide della fogna, picchiò il terreno con un badile, palmo a palmo e sempre inutilmente.

Ogni tanto risaliva su a dare un'occhiata al vecchio moribondo.

Non trovò nulla; soltanto, in cima alla scala, gli dette nell'occhio, nel risalirla, una Madonna di legno, tutta bucherellata dai tarli e coperta di cacature di mosche, a cui nessuno aveva badato, mai.

Siccome nel salire o scendere, s'era scordato di zoppicare, riprese il suo passo strascicante e si rimise a sedere sulla solita seggiola, fantasticando.

Però i fratelli non ritornarono nè la sera, nè il giorno dopo; e poi si seppe che, scoppiata una rissa coi parenti, avevano ferito il cognato ed eran finiti in prigione.

Allora Nando scese in cantina, staccò la Madonna dal muro, la mise in un sacco e andò, a piedi, a Firenze.

Oramai non zoppicava più. E non si fermò mica alla prima cantonata! Fece il giro di tutti gli antiquari e ogni volta che s'affacciava in un posto cresceva l'offerta, finchè quando arrivarono a venticinquemila lire cedette, benchè se avesse potuto sapere il significato delle parole «Jacopo della Quercia» avrebbe aspettato un altro poco....

Quando i due fratelli, dietro remissione di querela, furono posti in libertà, il vecchio Sarisi tirò le còia, nessun testamento venne trovato, ed essi, per dividersi la roba come avevano agognato corsero a Firenze, dall'avvocato; ma dopo scenate tremende, senza che mai si potessero metter d'accordo, si dovè pronunciare il tribunale, la divisione fu effettuata in via «giudiciale» e casa e podere andarono all'asta per venticinquemila lire.

I due fratelli dovevano pensare a procurarsi il pane e con le ottomila lire che ebbero di parte ciascuno, detratte mille di spese, se ne andarono in America a cercar fortuna.

Quell'imbecille di Nando, però, che aveva comprato ogni cosa all'asta mediante un «uomo di paglia» si tirò in casa la Diavola, una comare d'un quintale, famosa per cucinare la zuppa col cavolo, affittò il podere, e seguitò a stare tutto il santo giorno, seduto al sole sulla ciscranna, colla pipa in bocca, e il fiasco di vino fra le gambe, senza che nessuno potesse riuscire a raccapezzarsi come diavolo avesse fatto!

NATALINA.

Il sole che sorgeva pigramente buttandosi avanti, come se si levasse un velo dal capo, uno strato ovattoso di nuvole bigerognole, trovò Natalina già sveglia, ma cogli occhi ancora imbambolati, e la visitò accendendo un vetro alla finestra di cucina spalancata sull'orto.

Un gallo, lontanissimo, lanciò un *chicchirichì* fioco, ridicolo, e un altro gli rispose, così vicino, che Natalina si riscosse e s'alzò di scatto dalla seggiola di paglia, sulla quale stava rannicchiata abbracciandosi pigramente le ginocchia sollevate con gli avambracci nudi e grassocci.

Con un sospiro, accese il fuoco, vi mise sopra il bricco dall'acqua a bollire, poi cominciò, adagio, a lustrare una scarpa, scelta a caso nella lunga fila che le si allineava davanti sul palchetto di legno intarlato.

Lustrando, pensava o meglio fantasticava, lasciando vagare il suo pensiero, senza mèta, per orizzonti bui.

Perchè quegli altri, a quell'ora, dormivano il pesante sonno mattinale che dà un senso come di voluttà, quasi di languore, mentre lei era obbligata a spolverare le loro scarpe?

Ogni paio le ricordava una persona della famiglia e se li vedeva così, in riga, dinanzi, tutti, i suoi padroni e tiranni, mentre, anche in loro assenza, era costretta a servirli.

Quel paio di scarpe tutte d'un pezzo (come lui, che non aveva mai «piegato nè pencolato», ma aveva delibato, un po' qua un po' in là, le cariche spicciole di tutti i partiti) erano del signor avvocato che vendeva i pareri ai ricchi e li dava *gratis* ai poveri dai quali esigeva soltanto regali in natura.

L'altro paio era della signora. Se la Natalina avesse conosciuto l'esistenza e il significato della parola «psicologia» avrebbe concluso che quelle due scarpe quasi da uomo, a ciabatta, enormi, colla punta dispettosamente arricciata, coi legacci di due colori e i tacchi bassi e smussati da destra e da sinistra agli angoli, valevano un intero trattato sulla nobil donna Irene, celebre per tirare il centesimo sulla spesa, per fare ai ragazzi i giubbini nuovi colle giacchette smesse del signor avvocato e per il suo vestito delle feste tagliato in uno scialle di crespo finta-China della sua nonna buon'anima.

Le scarpettine colla punta a lapis, i legaccioli nuovi, i tacchi consumati fino alle suole e le suole consumate fino alla pianta del piede erano del signorino.

Il signorino!

Mai più delizioso pezzo da galera abbellì l'aurora della nuova (quarta o quinta) Italia, nè mai si videro in un solo rampollo più sapientemente adunate da madre Natura le qualità preclare di ghiottoneria, di boria e d'infingardaggine dell'avvocato padre, nè quelle di sordidezza, di cleptomania e di prepotenza bizzosa della signora madre.

Quindicenne, studente del Ginnasio, emancipato, noiato regolarmente della vita, meditante colle Muse incomprensibili colloqui senza parole, disdegnoso dei classici, nemico dei maestri, odiatore della maturità e della saggezza, il piccolo Angiolino (oh! ironia soave dei nomi!) pareva cacato dal Diavolo proprio apposta per assidersi alla gran cena dei superuomini in calzon corti col ciuffo al vento, la sigaretta tra le labbra e la mano desiderosa di colpire, non importa che cosa nè chi, figliati dal secolo «dinamico».

E quella angelica mano, non potendo ancora esercitarsi in ludi più eroici, nè posarsi come avrebbe voluto sulla faccia rugosa dei maestri, si sfogava con pizzicotti crudeli sulle parti più carnose della povera Natalina, di cui ogni strillo le fruttava immancabilmente la gratifica di «svergognata» e l'ammonimento di «non avvezzar male quel caro ragazzo» se non voleva essere scacciata di casa su due piedi, come una ladra trovata al cassettone.

L'ultime due paia di scarpe, non erano neppure scarpe, ma sandali e si capiva bene che appartenevano rispettivamente alla piccola Egle e al mocciosissimo e piscioso Leoncino che aveva la prerogativa di cominciare a strillare all'aurora per smettere regolarmente a mezzanotte.

Entrambi gli ultimi prodotti di tale stirpe insudiciavano rompevano e maltrattavano, dimostrando precocità di fantasia e altezza di vedute nell'escogitare burle diaboliche degne d'essere studiate dal pessimismo del Wedekind.

La dolcissima Egle aveva la specialità di suonare il pianoforte passeggiando sulla tastiera in pedalini e Leoncino quella di dormire nel letto di Natalina, nel pomeriggio, lasciandovi sempre, per ricordo, qualcosa.

Sarà meglio tacere del gatto colle scarpe di gusci di noce impeciati, del cane col campanello della tavola da pranzo attaccato alla coda, delle rondini «sdegnate» dal nido a colpi di spazzola di padule, della bambola di stoppa caduta nell'acqua delle paste, dello spinoso dell'orto nascosto nel saccone d'un letto, della testuggine rovesciata sul dorso per qualche mezza giornata, delle boccacce degli sberleffi e delle male parole, perchè occorrerebbe un volume uguale a quello sull'infanzia di Gargantua.

La campana della prima messa si arrabbiava contro il cielo, dove le nuvole andavano diradando, perchè la gente non correva alla chiesa in quelle prime ore di festa, i passerotti cianciavano nel cipresso vicino alla casa e il lattaio si fermava al cancello, mentre Natalina correva in su e in giù cogli orecchi tesi al primo urlo della sora Irene la quale esplodeva quando i campanelli accennavano che cominciava, finalmente, il servizio Divino delle otto.

Allora il nome di Natalina, ripetuto in tutti i tuoni, d'oro dal signor avvocato, di bronzo dalla nobile donna, di rame dal signorino, d'argento dagli ultimi eredi, correva per la casa precedendo la figura paffuta della ragazza che saliva e scendeva le scale passando di camera in camera colle scarpe in una mano e il vassoio delle chicchere fumanti nell'altra e ritornava in cucina ringraziando l'Altissimo quando il signorino scappato fuori, in camicia, dall'uscio, non le aveva fatto fare un fiacco d'ogni cosa per pizzicarla o quando la nobil donna non le aveva messo fra le braccia il marmocchio perchè lo facesse star quieto, baloccandolo prima di recarsi a fare la spesa.

E così anche codesta mattina, appena finito di lustrare le cinque paia di scarpe, Natalina salì le scale, subì l'assalto del giovinetto emancipato, ebbe una spazzola da panni nel groppone come saluto mattinale dall'Egle, fu trattata «di butta trega» da Leoncino, buscò d'imbecille da Donna Irene e di «panperso» dall'avvocato, e, come Dio volle, uscì fuori per andare alla messa e a far la spesa.

La messa non la potè avere perchè il curato novo con quell'appetito che gli veniva a levarsi alle sei e a stare ad aspettare i contadini fino all'otto, senza contare la spiegazione del Vangelo che egli era inimitabile nell'abborracciare sulla prima frase che gli capitasse a apertura di libro, sdrucciolò all'*Ite* in dieci minuti, e quanto alla spesa le toccò a fare la coda dal macellaro e dovè contentarsi di frattaglie perchè quasi tutto il vitello ammazzato due giorni innanzi l'avevano prenotato i villeggianti di Fabbiolle che ci avevano a desinare un esercito di persone.

Mogia, mogia, risalendo a casa, la Natalina ripensava al suo campo abbandonato per la morte della mamma, alla matrigna che non la voleva in casa e ai suoi ventun'anni sciupati.

La Gaetana s'era provata a farle il pateracchio col Moro dell'Olmo che, essendo guercio e bono a poco, correva rischio di rimaner *pinzo* per tutta la vita, ma anche lui, benchè avesse notato che Natalina aveva le braccia tonde e robuste e la ragazza gli avesse fatto girare la testa col suo collo bianco, i seni abbondanti e l'anche asserpentate, non ne volle sapere di restare alla pania e disse, ripetendo, certo, una delle solite chiacchiere vigliacche dei paesi, che lui «gli avanzi» dei signori non li voleva.

La Scerpella di Brisicche, risaputala dalla figliola dello Stianti a cui in gran segretezza l'avea confidata la Bistina di Pietro di Sano di Bacco amica intima della Gaetana, era andata di corsa a riportarla alla Natalina, e ora la povera ragazza, ruminava la frase nel suo cervello di capra salvatica, incapace di concepire altro al di fuori del breve raggio di cerchio dentro al quale splendevano, come un lampione nelle tenebre, le parole che le si erano conficcate in mezzo alla memoria e le bucavan la testa senza che riuscisse a sbarbarle.

Nessuno l'avrebbe voluta più, perchè a nessuno si sarebbe potuto cavar dal cuore l'idea che lei fosse il trastullo del signorino.

E non sapeva neppure che il signorino s'era vantato, cogli amici del paese insieme ai quali andava a giocare alle bocce e a dar veleno ai pesci nella gora, d'aver fatto con lei quel che gli era parso e piaciuto.

La Natalina non conosceva altro mondo, le sue colonne d'Ercole erano lì.

Partendo dal campo paterno, dove la matrigna irosa l'aspettava allo sforo della siepe col rastrello grosso in pugno, pronta a darglielo in testa, non conosceva che la via provinciale tutta polverosa e strombettante d'automobili pazze e il cancello della casa del signor avvocato.

Avrebbe passata la vita a quel modo: lustrando scarpe all'alba, salendo e scendendo scale fino a mezzogiorno, servendo in tavola fino al tocco, baloccando un ragazzo fino alle cinque, facendo da cena fino alle otto, e andando a letto dopo le nove, quando il signor avvocato e la sora Irene non avevano gente per giocare a tombola.

In codeste sere, per lo più, il signorino, colla scusa d'alzarsi e d'andare in cucina a verificare se era pronta l'acqua per i pònci, le dava un assalto importante.

E lei, chi lo sa perchè, stava zitta.

Ci soffriva, ne era disgustata, lo avrebbe ammazzato, ma non fiatava.

Anzi, ora, ripensandoci, sentiva che una volta o l'altra sarebbe stata sua e, pur ribellandosi, non trovava nulla che giustificasse il contrario.

La sua anima si alzava, con ribrezzo, come una serpe sulla coda acciambellata quando sente la pésta dell'uomo, ma la lingua annodata dall'orrore invece di soffiare un no, sibilava un *sì*....

Codesta sera di festa, dopo cena, il signor avvocato e donna Irene ebbero la buona idea d'andare a trovare dei conoscenti, distante dal paese qualche chilometro e si portarono dietro il signorino, imbronciato, la mezzana, contenta, e Leoncino che strascicava e frignava.

Ma lasciarono Natalina «a guardar la casa».

Era una serata tiepida, paradisiaca. La serva si mise a sedere sul gradino basso del cancello, colle spalle appoggiate a un pilastro e cominciò a contare le stelle.

Che cosa ci sarà stato lassù?

Buio. Buio lassù, buio quaggiù; ogni cosa eguale.... che noia!

La strada bianca pareva turchina perchè le siepi avevano appunto un color nero d'inchiostro: le stelle formicolavano e tremavano, tutto il cielo fremeva di scintille e le lucciole si tuffavano e uscivano fuori, tra il grano alto, giù nei campi, come cercassero qualche cosa col lume.

Ecco! appena l'avevano trovato, il lume si spengeva e ricominciavan da capo. Bel sugo!

Un rombo, un rullio di motore, e un'automobile vuota si fermò, nera anche lei, in mezzo alla strada verdazzurra.

La Natalina s'alzò, scese il viottolo e s'affacciò, incuriosita, a guardare.

Un giovinotto in gambali era curvo davanti alla macchina, e quando si alzò, con un lampione in mano per vedere non so che cosa, sbattè la luce in faccia alla Natalina, la illuminò meglio, tutta, poi rimise il lampione al suo posto e disse: Buona sera.

- Buona sera! rispose lei.

Allora lui, dopo aver dato un'occhiata d'intorno, le saltò addosso, l'abbracciò stretta e la baciò sulla bocca, sitibondo, a lungo.

Natalina non disse nulla, non diceva mai nulla, lei.

Il giovinotto le sussurrò, con alito che le bruciava l'orecchio: Vieni con me!

- Con lei?

- Con me! hai parenti?...

- È come se non li avessi....

- Su! monta....

- Ma.... dove si va?

- Con me.... starai con me.... il mondo è bello.... ti farò godere la vita.

La prese in collo, la depose sui cuscini dell'automobile, poi le gettò adesso una pelliccia d'orso. La ragazza rabbrividì a quel contatto.

- Stai buona.... giù.... sdraiati pure....

Girò una manovella, saltò sulla macchina, afferrò il volante e l'automobile sbuffando, sussultò.

Natalina fece per alzarsi, per cacciare un grido.

Le stelle fuggivano sulla sua testa, che le girava; ripiombò sui cuscini, sentì che la macchina la trascinava giù, giù, sempre più giù, come in un vortice irresistibile, verso un abisso sconfinato.

E si abbandonò, come sempre, senza fiatare.

IL GUFO

Nessuno, in paese, si rammentava d'averlo mai visto passeggiare per le vie.

Di giorno, poi, non usciva nemmeno dal recinto del chiostro.

Quando scendeva la notte, dopo aver sonato l'*un'ora*, oltrepassava la soglia della porta che menava alle «case dei preti» si sedeva sopra un pilastrino sotto il fioco lume acceso davanti a un bassorilievo primitivo di marmo tutto corroso e ingiallito, accendeva una pipa corta, di terra, e si metteva a fumare.

Sopra a quell'uomo minuscolo, quasi nano, d'età indefinibile, vestito con un pastrano (d'estate e d'inverno) inverosimilmente rattoppato, il tempio enorme taceva, ergendosi, tutto nero, vigilato dalla scolta altissima della torre di pietra, come se volesse proteggerlo.

E in verità «il gufo», come ormai tutti lo chiamavano, non si sentiva sicuro che nell'ombra della chiesa.

Fuori dalle nere sagome geometriche formate dal portico, nel lume di luna, sull'acciottolato diseguale della piazza, il gufo era spaesato.

La camera, una cella, l'aveva in fondo al campanile.

Accanto al letto, a portata di mano, penzolavano le funi delle campane.

Il gufo era un orologio vivente.

Quando aveva rigovernato i piatti del signor proposto, buttava in una ciotola di legno gli avanzi che gli spettavano, empiva il *quartuccio* di buon vino toscano, mettendosi a mangiare sui gradini del pozzo trecentesco, in mezzo al chiostro, se non pioveva, o sotto le arcate snelle, sorrette dalle colonnine ottagonali di pietra coi capitelli a fiore di loto, se pioveva. Poi s'affacciava sulla piazza, faceva la sua fumatina e andava a cuccia.

Non aveva mai posseduto un orologio, ma alle tre precise, o alle quattro, o alle cinque, secondo le stagioni, si svegliava.

S'alzava sul letto e aspettava, coll'orecchio teso, che l'orologio meccanico della torre spandesse, gravemente, i suoi tocchi sulla campagna dormente.

Se l'orologio era guasto, usciva fuori e guardava le stelle, se le stelle non c'erano s'affidava a Sant'Antonio da Padova a cui aveva brontolato un *pater* avanti di coricarsi. Quindi si attaccava alla fune, sicuro del fatto suo, e squillava mattutino.

Dopo di che tornava a dormire, fino all'*avemaria*.

Nelle belle giornate di sole chiaro, specialmente d'autunno e d'inverno, «faceva un po' di moto».

Saliva adagio adagio le rampe ripide del campanile.

Ad ogni piano s'affacciava alle bifore e guardava, con supremo disprezzo, alle formicole umane che s'affaccendavano, giù, sulla piazza, tra i banchi dei venditori e le merci più umili sciorinate sulla nuda terra.

Passavano: il bove bianco muggendo perchè sentiva l'odor della morte, e il contadino che lo minacciava del randello per farlo star bòno, seguitando tuttavia a litigare per il prezzo col macellaio che li precedeva, attorcigliandosi il grembiule alle anche.

Sulla farmacia i soliti perdigiorno discutevano di politica, si arrabbiavano, coi colli rossi come tacchini, dandosi un daffare per mille mentre i disoccupati, tristi, li guardavano male di sulle panche dell'osteria.

Le donne andavano, venivano dal far la spesa, coi ragazzi mocciosi che strillavano attaccati alle sottane.

Il medico condotto traversava, in barroccino, di corsa.

Il curato tornava dal dar l'olio santo o da confessare le monache, tutto accaldato e polveroso.

L'arrotino cantava, sprizzando scintille dalla mola su cui il ferro strideva.

Si sentiva il picchiettìo delle incudini, l'ansare rauco delle seghe nelle botteghe di legnaiolo, il grido monotono del venditore d'ortaggi. Qualche volta le femminette s'accapigliavano vicino alla fonte per via d'una brocca, e le mezzine, già piene, ruzzolavano per i gradini rovesciando l'acqua attinta con tanta pena.

Il gufo rideva e saliva, adagio adagio, al piano superiore.

Di costì, di là dai tetti rossi delle fabbriche nuove e da quelli verdolini delle fabbriche vecchie, l'occhio spaziava sulla campagna violetta d'olivi, gialla di prati, cupa di boschi, colle sagome svelte dei cipressi blù e dei campanili bianchi, i nastri azzurri e rosei delle strade, l'indaco delle montagne lontane e, sopra, il cielo color del latte.

Per le strade si vedevano dei puntolini neri, per i campi dei puntolini bianchi, che si muovevano.

Persone che tornavano dal mercato, bovi che aravano i maggesi e le porche.

Voce umana lassù non giungeva; soltanto il gufo percepiva, fioco fioco, qualche remoto *chicchirichì*. Tutta quella gente l'aveva fatta nascere lui, e lui l'avrebbe fatta morire tutta quella gente.

Don don don don dolondon dolon....

A mezzogiorno, mentre la folla usciva dalla messa piana discorrendo d'affari, entravano le mammane vestite di seta col neonato in collo ravvolto in tele candide e dietro il compare e la comare, fidanzati, lei colla pezzòla inamidata in mano e lui col garofano o col giranio dietro l'orecchio, o il crisantemo all'occhiello, secondo le stagioni.

Dan... dan... dan... dan... dandandan... dan...

Il funerale esciva di chiesa, voltava alla cantonata, mentre il vento spengeva i torcetti e chi poteva svignarsela se la svignava.

Dan.... dan.... dan.... dan....

All'ultime case del paese tutti tornavano indietro, rabbrividendo sotto il tramontano, e il morto seguitava solo per il cimitero dei poveri, accompagnato da un lanternino sanguigno, o saliva, al passo di due cavalli bolsi, il monte dei ricchi, mentre i mortuari rovesciavano nel fango, per economia, le torce a vento.

Tutta quella roba, senza il gufo, non poteva succedere.

Lui faceva alzare gli operai, sonnacchiosi, maledicenti alle campane, inesorabilmente precise, e li mandava al lavoro.

Lui spediva il viatico ai moribondi.

Lui squillava la gioia delle feste solenni.

Lui suscitava il fumo dei camini, all'*Angelus*, e richiamava alle case i lavoratori cogli arnesi del lavoro in ispalla e riempiva le stalle e radunava al desco le famiglie, imponendo la pace dell'*un'ora*.

E la vigilia dei morti era lui che faceva pregare per tutti i poveri defunti.

In codesta sera il gufo era magnifico.

Squillava il doppio solenne lento, spaziato, terribile della *cena dei morti*, a occhi chiusi, pregando anche lui, e mentre pregava (macchinalmente per la grande abitudine) vedeva col pensiero tutte le case aprirsi e rivelargli le mamme e i vecchi inginocchiati accanto al cammino acceso coi ragazzi occhieggianti al tavolo dove fumavano le «bruciate» intanto che i giovani stavano a capo basso, in piedi, sotto la luce gialla del petrolio.

Pensando a tutte queste cose il gufo, dal secondo piano della torre, ascoltava perdersi nell'atmosfera cilestrina un altro chicchirichì, e allora saliva, coraggiosamente, per l'intrico delle travi, al ballatoio ultimo, e, dopo aver data un'occhiata affettuosa alle campane, sotto ai suoi piedi, s'affacciava fra due merli e girava lo sguardo, trionfalmente, dintorno.

Lassù non giungeva che un ronzìo sonoro, ma indistinto, il ronzìo del mondo affaticato, regolato, a suon di campana, da quel mostriciattolo, dalla nascita alla morte, come un orologio qualunque finchè non gli si spezzi la molla.

Il gufo ridicchiava, tra sè e sè, orgoglioso della sua forza, della sua potenza, della sua superiorità d'uomo perfettamente felice, come son felici tutti coloro i quali, raggiunta una sommità, contemplano l'affaccendarsi vano della gente e vedono, finalmente, i miserabili fili che ci muovono nella loro realtà.

Così trascorreva l'esistenza di quest'animale strano, analfabeta e filosofo, miserabile e felice, prigioniero e libero, che dagli imbecilli fu chiamato «il gufo» perchè non sapevano che, talvolta, la luce si può suscitare anche dall'ombra.

Mentre moriva, stese la mano, dal letto, alle funi delle sue campane e tentò, da sè, di squillare «a viatico». Le forze non gli bastarono. La mano scosse la fune, ma non la campana, e il bronzo tacque.

Allora il gufo, comprendendo che il suo compito su questa terra era esaurito, spirò.

IL PITTORE E LA DONNA NUDA.

Arrivai in paese sull'ora delle nove.

La piazza grande era piena di gente che si preparava a partire colle vecchie diligenze sghangherate e di gente la quale si divertiva a veder quelli che partivano.

Dalla chiesa uscivano poche donne dopo avere ascoltato la messa dell'otto e il sole era chiaro, come filtrato dagli strati leggeri d'ovatta che un ventarello di collina sfioccava nel cielo d'un azzurro così inverosimile da parer tinto.

Io avevo la cassetta grande dei colori nella destra e il panchetto nella sinistra; la pipa spenta in bocca, il cappello a cencio di traverso, sugli occhi, e l'ombrellino bianco a tracolla. Ero fiero della mia aria di pittore e mi pareva che tutti guardassero me.

Infatti un ragazzo moccioso che giocava a *nocino* con degli altri accanto alla torre dell'orologio mi vide e annunziò allegramente: c'è quello che fa le fotografie!

Subito mi si fecero d'intorno, mentre io disponevo il panchetto all'ombra per riprendere la prospettiva della chiesa.

Mi toccò a scacciare i monelli che mi si paravano davanti.

Tutto andò bene finchè disegnai sulla tavoletta bianca. Adesso erano scesi dalle diligenze per vedere quel che facessi ed erano arrivati dei villeggianti; giovani in abito sportivo e signorine in vesti leggère, scollate, che scherzavano allegramente fra loro.

Principiai a metter giù i colori. Preparavo il cielo e il terreno con delle lacche per ottenere, dopo, una maggior vibrazione; stesi l'ombre violette per velarle dipoi, feci il campanile rosso di carminio per quindi ottenere, con dei tocchi verdi, gialli, bianchi, il suo fulgore di fiamma diritta nel sole.

Allora presero a dileggiarmi.

Una signorina, dal gran ridere, dovè mettersi a sedere per terra; i ragazzi, esilarati, mi presero a spinte e m'urtarono facendomi traballare sul mio sedile pericolante.

Perduta la pazienza, afferrai una pennellessa e la dètti traverso il muso ad uno dei più arditi, tappandogli un occhio con un bioccolo di giallo cromo.

I suoi compagni si torcevano le budella dal ridere, ma lui fuggì, scalzo, piangendo.

Di lì a poco, mentre le diligenze partivano, sentii un vetturino che smoccolava per via del ritardo, dire a qualcuno, parlando di me: - Gli è stato quello lì, accidenti a chi ce l'ha portato!

E subito un uomo si fece largo tra la folla e venne avanti ricoprendomi di parolacce.

Era il babbo del ragazzo. al quale avevo tirato la pennellata nell'occhio.

Mi levai di scatto e, chiuso il panchetto, l'alzai minaccioso urlando: - Chi t'ha insegnato l'educazione, maiale?

La folla si divise in due parti.

Chi dava ragione a me, chi al babbo del ragazzo, era un pandemonio infernale. Per fortuna arrivò il maresciallo dei carabinieri.

Ora la gente s'esaltava alla vista del graduato rappresentante della giustizia; gridavano: Ci mette in caricatura! porta via la chiesa vestita in maschera! dove l'ha vista gialla e turchina in quel modo?

Il maresciallo metteva pace, spiegava che la piazza è di tutti, che ognuno è padrone di fare le bestialità che gli pare.... ma io, per tagliar corto, presi un vecchio che passava, l'obbligai a sedersi s'un pilastrino, gli strillai, concitato, sul muso: Ti do due lire se stai fermo una mezz'ora, costì!

Agguantai pennelli e un cartone e cominciai a schizzargli la testa, col metodo degl'impressionisti, alla prima. Sporcai il cartone di bitume e terra gialla con acqua ragia, disegnai con un pennello intinto di terra verde, la faccia del vecchio, geometricamente.

Era facile, tutta angoli, luci ed ombre.

Riempii i triangoli degli scuri, levai rapidamente i chiari, apparvero le bozze frontali, l'arruffio dei capelli, la punta del naso bitorzoluto e lustro, le occhiaie ombreggiate dalle sopracciglia, i baffi, la «massa» verdastra della barba sulla quale feci risaltare qualche filo d'argento; poi con pochi tocchi d'un pennello nuovo, animai gli occhi, ricavai gli sbattimenti freddi, dètti la vita alla testa.

Uno, che veniva dalla cantonata, cacciò un grido: Ma è lui! è Birillo! tal quale! venite a vederlo di qui!

Galopparono tutti cinque o sei passi indietro e un grande urlo d'ammirazione salì alle stelle.

Profittai di quell'istante di favor popolare per dipingere in bocca al modello la pipa.

Allora l'entusiasmo non conobbe più limiti.

Il maresciallo mi domandò quanto volevo per dipingerlo in piedi, in alta uniforme, con le «buffetterìe» il pennacchio e lo «sciaccò». Non facessi complimenti; era disposto anche a spendere cinquanta lire! Ma il pennacchio lo voglio (e accennava col dito) di quel rosso lì....

Una vecchia mi disse in un orecchio: - Corro a casa a prendergli la fotografia del *mi'* figliolo morto in guerra e ritorno in un *fiat*!

Birillo s'alzò e volle vedersi.

- Sono così io?

- Siete così, proprio così - urlavano tutti.

- Ma... o se i bùtteri del vaiòlo non ce li ha fatti!

A mezzogiorno chiusi la cassetta, ripiegai il panchetto e andai a mangiare in una trattoria.

Costì, sotto un pergolato, in maniche di camicia, mi divertivo a guardare gli occhi d'oro pallido che il traforo del fogliame di sopra ricamava sulla tovaglia verde scintillando sui bicchieri e nelle pance delle bottiglie.

Mi sarei voluto persuadere di certe teorie del colore rispetto ai volumi e m'arrabbiavo perchè non mi riusciva.

Mentre mangiavo un'appetitosa minestra di magro e sorseggiavo un vinetto color del rubino, odoroso di viole e mammole, col frizzante che mette appetito, capitò nell'orto il babbo del ragazzo, quello che aveva leticato con me.

Si mise a sedere sopra una panca, di faccia, e si mescè, senza complimenti, un gran bicchiere di vino. Poi, mandandomi in faccia una zaffata d'alcool, mi sussurrò, curvandosi, al di sopra della tavola, vicino al mio viso: «La vòl ritrattare una bella ragazza? Mi dia cinque lire, gli mando subito la mia nipote».

- Vediamola!

Di lì a poco arrivò una giovane bionda, tarchiata, color del latte e del sangue, col petto abbondante e sodo, i fianchi larghi, le mani rozze, ma piccole, e gli occhi chiari, di felino affamato. E l'uomo sparì.

La gente, che giocava a un tavolino non lontano, dètte d'occhio al cameriere che abbozzo un gesto ambiguo.

La ragazza mi disse: - Se mi tiene con lei, a Firenze, per un po' di giorni, mi può dipingere come gli pare. Mi leverò anche la camicia.

Io tra il vino, il caldo e quei discorsi, sudavo tutto che era una passione e il cibo non m'andava nè su nè in giù.

- E poi, - chiesi così per dir qualcosa, - e poi che cosa si fa?

- Lei mi fa il ritratto, un bel ritratto, ignuda, e lo mette all'esposizione; domandano chi è quella bella ragazza e io fo i quattrini a palate!

- Bell'idea!

- O che cosa devo fare, se no?

- Diavolo! Sposate un bravo, onesto operaio, mettete al mondo dei figliuoli e siate felice.

- Felice? Uhm! mia madre è morta dalle gran legnate che gli dava il marito, lo zio torna a casa briaco e ci picchia tutti, me mi rincorrono nei campi e poi, per tutta ricompensa, mi danno dei calci. Alla filanda mi hanno mandata via perchè gli uomini si bastonavano per via di me. E invece, senza fatica, posso mangiar bene e vestire come una signora. Che ci sto fare qui? L'imbecille?

Sei mesi dopo, a Firenze, un cronista del giornale mi chiese: Vuoi disegnare una cosa terribile?

Vieni con me.

Presi l'*album* e si andò nella stanza di deposito dell'ospedale. Sopra una tavola, nella mezza luce di quella specie d'alcova macàbra, era distesa una ragazza tutta nuda, bellissima. Tra le mammelle grosse e sode, bianchissime, spiccava una ferita rossa che pareva un fiore di giranio. Gli occhi erano sbarrati e vitrei, come di felino affamato. Cominciai a prendere appunti e, disegnando, la riconobbi con raccappriccio.

Fu così che all'esposizione comparve, secondo la sua volontà, il ritratto della creatura, che voleva essere ritrattata ignuda.

Ma d'allora in poi non ho più dipinto che chiese gialle con il campanile rosso contro un cielo turchino.

NOTTE NUZIALE

- O te, ora, come tu campi?

La donna fece un gesto vago e abbassò il capo sul petto.

Ci fu una pausa, lunga, di silenzio, poi l'uomo riprese, parlando, più che a lei, a sè medesimo: Allora, ho capito, press'a poco, come campo io....

Erano seduti su quel muricciolino basso del ponticello che congiungeva la viottola, serpeggiante fra i campi, alla via maestra e sotto si sentiva gorgogliare appena il torrente, rammaricandosi tra i sassi che ne ritardavano il corso.

Il sole s'avvicinava al tramonto; si vedevano di già i monti aspettarlo per nasconderlo dietro le loro schiene gibbose tingendosi di turchino, ma la serata pareva annunziarsi splendida, uguale a quella giornata di principio d'inverno, in cui il cielo aveva brillato di luce e le case bianche ne erano state riverberate in mezzo alle olivete luccicanti. Però tutto traspariva, netto, come lavato da poco. Ogni cosa lustrava pulita dal tramonto.

- E dove tu sei stata, tutt'oggi?

- L'ho fatta tonda. Ho girato dalle pinete di Cerbaia e sono scesa fino al Convento dei Passionisti. Costì mi son messa sulla soglia al calduccio, e, quando ha suonato mezzogiorno mi hanno empito il tegame di ben di Dio. Eccolo qui, ce n'ho d'avanzo anche per questa sera.... E a voi come la v'è andata?

- Già! tu fai bene a darmi del voi.... Non ti ricordi di quando?..<

- Acqua passata, caro Geppino, non macina più.

- Pur troppo! Si diceva? Ah! io.... io sono stato a Firenze, dal signor avvocato.... sai, quello che ha fatto i quattrini durante la guerra.... gli potavo il giardino, quando aveva ancora quella villuccia quassù.... ora invece.... ha i poderi, le fattorie, cose grosse, in Maremma....

- E perchè non vi fate pigliare con lui?

- Ma cosa vuoi tu che se ne faccia, d'un vecchio come me?

- Ci vedete bene, però....

- Ci veggo bene sicuro, ma son le gambe che non mi reggono! Sono peggio del cavallo del Ciolla, che aveva cento guidaleschi sotto la coda.... eccola qui, la nostra ricompensa! Dopo aver lavorato tutta quanta la vita, esserci rotti il fil della schiena collo zappone, esserci fracassati i denti a furia di pan secco, invece d'un letto e d'una scodella di zuppa, l'elemosina! E il mi' figliolo è morto per la patria! la patria? sarà la patria di quelli come l'avvocato, io, per conto mio....

- E non v'hanno dato nulla?

- Mah! dice che ancora non si sa come sia morto! Anzi, a me per morto non me l'hanno garantito mai.... Dice «disperso». Disperso, sì, ma dopo due anni, coi giornali, le ferrovie e ogni cosa? Disperso dove? nel deserto forse? è morto, cara Lena, è morto chi lo sa come e quando! morto, senza aver goduto neanche lui, in vita sua, un minutino di bene! Aveva dieci anni quando mi successe la disgrazia di cascar giù dal ponte e di rovinarmi le gambe, e gli toccò a ingegnarsi fino da quell'età.... a quindici gli morì quella buon'anima della sua mamma che.... accidenti a quando ci si prese!...

- Se vo' avevi sposato me....

- Ecco la ricompensa, lo vedi? Ah! su questo non m'azzardo a rifiatare. L'ho detto tante volto, sai, a me medesimo: Geppino, c'è un Dio! c'è! Ma cosa tu vuoi, con quelli di casa che non volevano, perchè frasca tu eri.... eh! frasca tu eri, altrimenti, ne convieni? non sarebbe successo quel che successe.... Dunque con quelli di casa che mi contrastavano e col bisogno alle costole, mi presi l'Argène....

- Bel crostino v'appiccicarono con tutti i suoi quattrini!

- I quattrini? la casuccia, che lei aveva di suo, fu mangiata pezzo per pezzo, calcinaccio per calcinaccio, spesa in medici e in medicine e miracolo che il ragazzo non si pigliò il mal sottile anche lui. Ma ci ha pensato la guerra! E ora, chi muore giace....

- E chi vive si dà pace, caro voi! Vedete un po' a che vita tribolata mi son ridotta! Io mi sarei contentata d'un giorno solo di contentezza e invece.... quando lui morì dalle grandi sbornie, dopo avermi picchiato per tutto il tempo che si stette insieme, non mi lasciò altro che i debiti! La padrona mi messe fuor dell'uscio, col dire: si sa.... si sa ogni cosa.... di voi.... l'avete preso per interesse, più vecchio di voi perchè vu' avevi perso un ferro, da puledra.... andate pure.... la compassione io ce l'ho, ma la serbo per chi se la merita!

- Ah! ti disse così, la padrona? Che Dio non le dia bene nè in questo, nè in quell'altro mondo! E il mio, de' padroni, sai cosa mi disse? che aveva bisogno di quelle due stanze, ora che il figliolo non ce l'avevo più, e potevo farne di meno!

-Ah! canaglia! ma il figliolo però....

- Glielo feci osservare, ma lo sai come mi rispose? Mi rispose che a darmi il casotto sul margine del campo, mi dava anche troppo, perchè in fin dei conti il ragazzo a morire a quel modo aveva fatto il su' dovere e io, invece, m'ero persino ingegnato di dissuaderlo da andare! Ecco quel che mi rispose! Ma lo sai te perchè m'ha dato il casotto?

- Perchè è quarant'anni che lo servite....

- Quanto sei ingenua! me l'ha concesso perchè gli guardi il podere.

- O.... quell'avvocato di Firenze arricchito?

- Quello? Ah! quello, m'ha dato un incarico. Vuole che vada nel bosco e sbarbi un cipressino piccolo, di circa un metro, piantato di fresco....

- Bel sugo, rovinare una pianta così! per fare?

- Da quel che ho capito.... per far l'albero di Natale al suo ragazzo.... sai come usano.... ci mettono tanti candelini, attaccano ai rami i balocchi, i dolci, poi accendono....

- Roba da signori!

- Naturale.... eh! cara mia.... in questo mondo.... chi tutto.... e chi nulla!

- Già. Ma nulla.... è troppo poco!

I monti erano divenuti maestosi. Dietro di loro sfumava un ultimo bagliore dorato, i campi avevano preso tinte lilla e i boschi violette. Geppino s'alzò dal muricciolo. Sulle gambe arrembate, simili a quelle dei cavalli bolsi quando si fermano a ripigliar fiato all'erta, bilicò il suo torso affogato dentro una immensa cacciatora, non sua, tutta sdruci, s'appoggiò colla sinistra al bastone e colla destra si buttò il sacco in ispalla.

- Vieni in su?

- Sì. Stasera dormo nella stalla del Poverino.

- Ah! perchè?...

- Non ve l'ho detto? Son fuori di casa.

Andavano su per la salita, tra le macchie nude che protendevano le rame di lacca guarnite di spine. Nel cielo d'un blu sempre più cupo palpitava disperatamente una piccolissima stella pallida. Come furono vicini alla «maestà» dove ride l'imagine bianca e turchina di vecchia fattura del Ginori, colpita (come dice, sotto l'iscrizione) sceleratamente da un sasso, la vecchia tenendo colla sinistra le cócche del grembiule azzurro pieno di pane e di avanzi, fece colla destra il segno della croce e s'inginocchiò. Dal folto dei cipressi color verdone più sopra, una campanina tutta pepe squillava a distesa suscitando un allegro fumo dai pochi casolari rossi qua e là tra mezzo ai campi, ormai opachi.

Geppino guardò la Lena e aspettò che avesse finito di pregare: poi le chiese:

- Ci credi, ancora, te?

- Io? Eh!... se mi levate questo!...

Fecero un altri po' di passi senza dir nulla, finchè la Lena, a cui il silenzio bruciava, disse:

- E quando glielo portate, il cipresso?

- Domani.... piglierò giù per la Bifonica.... lungo la via sbarberò il cipresso, e poi.... è tutta strada. Domani sera a quest'ora sarò dove siamo in questo momento. Perchè domani l'altro a mezzanotte è Natale!

Quando arrivarono in vista del paese, strascicavano tutt'e due, stanchi. Ai primi lumi Geppino voltò, brontolando: il mio casotto è laggiù.

E la Lena seguitò, sempre più adagio, fino alla stalla del Poverino dove si buttò a giacere nel fieno caldo, masticando, senza gusto, gli avanzi dei frati.

La sera dopo, nemmeno a farlo a posta, si ritrovarono sulla strada maestra alla medesima ora.

Non era più tanto sereno, anzi quando il sole calò dietro un grande strato di ovatta verde, non se ne accorsero neppure. Soltanto Geppino avvertì la Lena che il giorno di poi avrebbe spruzzato un po' di neve.

- Sicchè gliel'avete portato, il cipresso?

- Eccome! e ho visto certi balocchi, che, come vero Dio, a comperarli ci devono avere speso un patrimonio.

- E quanto v'hanno dato per la vostra fatica?

- Una carta da dieci lire.

- Si saranno sudati!

- Ma per quel che costa la moneta oggi, mi hanno dato una lira e ottanta!

- Gesù, Giuseppe e Maria!

- A proposito.... ci pensavo per la strada.... Si fa una cosa?

- Sentiamola.

- Si fa ceppo insieme? Io son solo, laggiù....

- Ma io vo alla messa, la notte di Ceppo....

- E io t'accompagno!

- Dite davvero, Geppino?

- E tu prepara da mangiare.... tieni, le dieci lire pigliale te.... compra mezzo chilo d'ossi.... una pentola ce l'ho.

- Qualcosa mi farò dare dalle monache....

- E io, domattina, vedrai quello che porterò a casa!... L'ho adocchiato, passando, nel bosco....

Nel bosco la mattina di poi c'era la neve, come aveva detto Geppino, ottima ragione perchè non vi si trovasse anima viva. Andò diritto, per le scorciatoie, traballando sulle sue zampe malate, e, da una catasta pronta per esser caricata, rubò dieci pezzi, li mise nel sacco, poi, adagio adagio, fermandosi ogni due scope a ripigliar fiato, tornò in su, verso il paese. Come fu in proda ai campi, dove principiava la scesa, agguantò per le barbe un tronco di pino già abbattuto per essere spezzato e se lo trascinò dietro, col braccio ancora fortissimo, come se avesse ucciso uno e ne trascinasse il cadavere per le chiome.

Portò ogni cosa nel casotto.

Mise i rotoli di legno nel cammino di mattoni, tolti via da una fornace inattiva, che s'era costruito da sè, quindi andò ad avvertire Gigiana d'avergli procurato «il ceppo».

Gigiana venne, silenziosamente, come una volpe, soppesò colle due braccia, passandoci sotto le palme callose, il tronco del pino, e stabilì per tre fiaschi di quello migliore.

Geppino, tutto contento, accese un fascio d'erbe secche e si mise a rifare il suo giaciglio, lo spianò, l'allargò, ci tirò sopra i due teli da tenda regalati dal signor tenente quando c'era il distaccamento e le coperte fuori d'uso regalate dal signor capitano, levò i ragnateli dai cantucci e aspettò che facesse buio.

A buio la Lena portò una grembiulata di ben di Dio. Fecero uno spuntarellino con pane e formaggio, poi lei si mise a trafficare intorno alla cena.

Trovò del pane raffermo, una pentola sana, un tegame sbocconcellato, due forchette, un coltello, un manico di scopa che faceva da mestolo, una gavetta da militari piena di sale, una scatola da carne in conserva, vuota e ripulita, con dentro del pepe, due stracci, un mezzo fiasco d'olio....

Disse, ammirando: Avete una casa fornita voi! Non vi manca nulla!

Alle undici, sotto lo stesso ombrello, andarono alla messa, lasciando il fuoco acceso, con la pentola accanto.

Quando usciron di chiesa spruzzolava più forte; cominciava a turbinare qualche fiocchetto bianco e la luna pareva un lumino a olio agonizzante. Ma la Lena si imbaccuccava tutta in un coltrone scucito e Geppino aveva rialzato fino agli orecchi il bavero del cappotto del suo povero figliolo morto che glielo aveva lasciato quando venne l'ultima volta in licenza.

Attorno al fuoco, asciugandosi, mangiarono di gusto. Geppino sopra tutto bevve. Un fiasco e mezzo di vino e la Lena ne avrà assaggiato forse un bicchiere.

- Dammi del tu! - diceva il vecchio.

- Non mi riesce! - rispondeva la donna.

Dopo cenato, intorpiditi dal calduccio, cascarono sul giaciglio.

Geppino smise di fumare a pipa perchè vedeva andar via i travicelli del tetto.

A un tratto, cacciò un grugnito e si voltò da una parte a occhi chiusi, per cercare di poter dormire; ma, prima, allungò una mano di sotto alle coperte e prese la destra della Lena, e la strinse.

La Lena corrispose alla stretta.

Poi rimase lì, colle pupille imbambolate, senza pensare a nulla, senza riuscire ad appisolarsi, dubitando sul serio di esser felice, la prima volta in vita sua.

IL CIECO

Piove: lentamente, uggiosamente, l'acqua cola dal cielo color cenere, mentre la moltitudine umana s'affretta su e giù per le proprie faccende, sotto gli ombrelli lucidi, rovesciando sagome incerte nel fango oleoso della grande via cittadina percorsa da automobili strombettanti e da carrozze silenziose.

Raggranchito dal freddo, con la mano destra stesa e appoggiata sul dorso della sinistra che stringe il bastone, incollato contro la soglia della chiesa, il cieco aspetta.

Dal tocco non s'è più mosso da quella posizione.

Le gambe gli si sono intorpidite sotto i ginocchi, non sente più i piedi, gelati dall'umido, lo stomaco illanguidito gli dà un senso di nausea.

Ha udito dire che i veggenti talvolta soffrono di vertigini.

Certo, se ci vedesse, gli parrebbe che i palazzi, attorno a lui, si muovessero.

Ogni tanto, molto raramente, un soldo o un nichelino, cade, diaccio, nella palma della mano rattrappita.

Il cieco stringe le dita, riconosce la moneta al tatto, se la caccia in tasca, e rimane così, qualche istante, godendo il calduccio che il proprio corpo ha comunicato alla fodera interna.

Ma dei passi s'avvicinano e la mano risale e si tende.

Ecco; è stato gettato nella palma offerta un soldo; però il soldo è caduto di mano al cieco.

Il cieco non sa dove.

Tende l'orecchio, sente che qualcuno si china vicino a lui, ma il soldo non ritorna alla palma che l'ha lasciato cadere.

Di dentro la chiesa giungono le note larghe dell'organo, i canti dei fedeli.

Dev'esser buio, ormai.

Il movimento che da un'ora ha raffittito, facendosi insopportabile, ora comincia a languire e spiove.

Due persone parlano vicino al cieco.

- Hai visto che tramonto?

- Magnifico!

- L'Arno pareva di sangue!

- Una tragedia nei cieli!

- E monte Oliveto l'hai osservato?

- Una meraviglia, un gioiello....

Le voci si perdono.

Si sentono dei passettini cadenzati, rapidi, seguiti da altri passi più autoritarii, più marcati....

- Signorina, una cena e cento lire....

La tromba d'un'automobile vela il resto del discorso, o la risposta, se è stata data.

Una signora discorre con un'altra sulla porta di chiesa.

- Le donne di servizio? che disperazione! Mi raccomando alla Madonna perchè me ne faccia trovare una a garbo, da tanto tempo, ma non mi vuol far questa grazia....

- La mia è tanto brava, ma ora si sposa....

- Oh! povera signora! la compatisco....

La porta di chiesa si spalanca e n'esce una folata di litanie, mentre un signore aprendo l'ombrello, brontola: Accidenti! piove!

La folla dei fedeli si riversa fuori, la novena è finita.

Ma nessuno si avvede del cieco; l'acqua ha ripreso a cadere a dirotto, e tutti scivolano via, come ombre lungo i muri, evitando gli scoli delle grondaie che scrosciano.

Certo ora la strada fangosa splende sotto le lampade ad arco e si va facendo deserta.

Un gruppo di ritardatari si saluta in fretta.

- Stasera, dove?

- Al Niccolini, c'è Musco.

- Mi fermi un palco, passando, tu che stai da quelle parti?

- Volentieri....

- Ho gente a pranzo e vorrei farli divertire, dopo desinare....

- Scappo perchè mi hai fatto venire appetito. Arrivederla signora!

- Arrivederci a tra poco....

- Ciao, *veccio*!

- Ciao!

Il cieco pensa alla zuppa di pane fagioli e cavolo, al quartuccio di vino, che la vecchia a quell'ora gli ha già preparato; la vecchia operosa come una pecchia che ha legato, da tempo, con lui, la propria miseria e che egli ha sposato, per non urtare nei cànoni di Santa Madre Chiesa sotto la cui grande ombra passa, rannicchiato, la vita, alla mercè del cuore dei passanti.

Ce n'è ancora del cuore; più in basso che in alto. I pedoni soli naturalmente, fanno l'elemosina e, fra i pedoni, soltanto la gente abituata a lavorare, (nota il cieco) calcola mentalmente che due soldi non rovinano il bilancio di nessuno, e si piglia la fatica di sbottonarsi il soprabito, sia pure d'inverno. Così lui può vivere.

Anche quella sera ha la tasca destra del pastrano piena di soldi e di ventini; e mangerà.

Ma la vecchia tarda.

Una buffata d'odore caldo di stracotto emanante da un portapranzi recato da qualcheduno che ha fretta, finisce d'illanguidire lo stomaco al cieco il quale traballa, e, inquieto, batte sulle lastre il bastone.

Lo scaccino s'è affacciato due volte, impaziente, sbirciando il cieco sempre immobile al suo posto e non ha osato dirgli nulla.

E ora gira per le navate buie, paurose, del tempio, battendo le chiavi, passando in rivista i confessionali e sbirciando l'unica porta rimasta socchiusa.

Il cieco per consolarsi pensa ai lunghissimi pomeriggi d'estate, quando non passa nessuno e lui va a frescheggiare dentro la chiesa, girando al tasto fra le colonne che sono gli alberi dell'unica foresta che lui abbia conosciuto in vita sua.

Alberi freddi di pietra, selva marmorea senza vita e senza luce, dove egli si muove come uno spirito.

Quando si abbandona in quella solitudine buia, subito il resto del mondo s'inabissa intorno a lui.

Il rumore della vita umana giunge alle sue orecchie attenuato dalle pesanti coltri che pendono giù dalle porte, come un rombo lontano di cose che svaniscano, e tra le palpebre secche la luce non filtra.

L'acqua ormai viene a torrenti, scende, a vento, sbacchiata dallo scirocco della fine d'inverno, e il cieco rabbrividisce.

Dal suo angolo, dove non può rimanere, sferzato com'è dalle raffiche, s'è ritirato nel tamburo del portale.

Indebolito, s'appoggia all'uscio che gira sul cardine unto e quasi lo fa cadere all'indietro sopra una delle figure giacenti, livellate dallo scalpiccìo dei fedeli, sul pavimento di marmo.

Vien sostenuto dallo scaccino che passava di lì, per caso, la centesima volta.

- Coraggio! l'avete bell'e saputo?

- Che cosa?

- Nulla.... dicevo così per dire.... la vostra moglie non può venire a pigliarvi stasera....

La voce del sagrestano trema.

- Grazie.... ma, come faccio? potreste, voi, accompagnarmi?

- Sarà meglio che aspettiate, a recarvi a casa.... vostra moglie sta poco bene.... intanto io chiudo la chiesa e vi accompagno dalla parte dei chiostri, in casa del curato....

- Mentite! mia moglie sta male.... è morta!... lo sento.... lo so! Ditemi la verità! Ditemi la verità!

Lo scaccino esita.

Il cieco, nell'ombra (non ha che i capelli d'argento luccicanti per qualche filo sfiorato dalla luce rossa, guizzante davanti alla Pietà) col bastone e il cappello stretti nel pugno, gesticola, come ossessionato, poi, col bastone, urta in una panca e vi casca genuflesso, gemendo: Portatemi *a vederla*! voglio *vederla* un'ultima volta!

Lo scaccino non sorride; agita le chiavi e il rumore appare, subitamente, immenso, nella penombra sempre più folta; come un fragore di catene sbattute, formidabile, moltiplicato dagli echi.

Una mano si posa sulla spalla del cieco e una voce dolce, buona, parla al suo orecchio e alla sua anima.

Poi il curato e il sagrestano fanno dolce violenza all'infelice per trascinarlo in casa, a rifocillarsi, a scaldarsi.

Il cieco ora vede. Per la prima volta, dacchè ha perduto la vista, vede, limpidamente, quello che non vedono neppure gli uomini illuminati: il proprio avvenire.

È solo, e non oserà mai più, avventurarsi, cosi, in mezzo al tumulto del mondo dove lui, cieco, vedrà tutti, senza che nessuno, fra tanti veggenti, s'accorga di lui. L'unica che lo avesse veduto, e che, vedutolo, gli avesse steso una mano, è morta; per la sua miseria presente non ha più nessuno, non spera, non crede che in una ricchezza futura e siccome codesta ricchezza è rappresentata da Dio, il cieco non vuole più staccarsi dal tempio.

Lo contentano.

Lo lasciano in chiesa, a piangere e a pregare.

Ritorneranno, fra qualche tempo, quando si sarà potuto sfogare, e tenteranno di persuaderlo d'andar con loro, di prendersi qualche ristoro....

In punta di piedi se ne vanno, perchè egli lo vuole e lo ha detto con accento a cui non si resiste.

Il cieco è solo.

Sdraiato sul pavimento, fra due figure tombali giacenti, singhiozza senza lacrime, davanti all'altar maggiore.

La chiesa ora è perfettamente buia, tutta nera; soltanto le grandi vetrate dell'altar maggiore s'aprono in una luce azzurra d'una trasparenza cupa, fosforescente, irreale.

L'anima del cieco pare discerna quella luce che sola si accorda al buio che fascia i suoi occhi. E a poco a poco il cieco si irrigidisce, insensibile, si fa di pietra fra quelle pietre gelate dal silenzio.

Ma vede la sua donna, la vede in una grande luce; essa è lassù vicino all'ostensorio abbagliante che egli non ha mai contemplato; e tutto il tempio è pieno di luce, le lampade elettriche, i ceri, si sono accesi, da sè; dalle vetrate turchine piovono torrenti di raggi corruscanti.

Fuori, il ritmo della vita cittadina ripiglia e il rombo va ad infrangersi, come le onde del mare sopra incrollabili scogli, contro le porte monumentali, serrate ermeticamente, che guardano dalle teste dei loro santi, dei loro angeli, dei loro mostri, defluire alla foce invisibile l'umana corrente che non si rivolge mai verso le scaturigini e che, travolta dai flutti, non vede lo sbocco, vicinissimo, nel gran mare infinito.

Una folata di voci è soffocata, rapita lontano, da una folata di vento e di pioggia.

La chiesa è muta come una sfinge, buia come la notte, ma gli occhi del cieco, per la prima volta, son pieni di sole.

LA LONTRA

Si aspettava che la barca di «Bàgherre», navicellaio dell'Arno, s'avvicinasse per farci traghettare il fiume, e, aspettando, si guardava, tra me e Foffo, il mio indivisibile compagno di passeggiate giovanili col fucile e col cane, una specie di isoletta di mota, canneggiole e giunchi, che emergeva dall'acqua e pareva la testa arruffata d'un Dio fluviale.

- Di notte, disse Foffo, colla luna, in quell'isolotto c'è il caso di vedere accucciarsi, a caccia dei pesci, qualche bella lontra.

- Ce ne fanno ancora, qui?

- E come! l'ultima l'ammazzai molti anni or sono, per caso. Tornavo da caccia col povero Nanni (se ne ricorda, che tiratore?) e quando si fu sul greto i cani avventarono, si schiacciarono e principiarono a gattonare. Che sarà, che non sarà, a furia di mezze puntate ci portarono fin qui e poi cominciarono a scorrere, in su e in giù, come se fossero impazzati....

«Io non mi raccapezzavo come mai due bestie, brave come loro, facessero un diavoleto simile, ma Nanni, pratico, capì subito.... - Di qui c'è passato un animale di quelli che stanno in terra e nell'acqua, s'è tuffato (mi spiego) e i cani son disperati perchè hanno perso la traccia.

«Difatti rigiravano sempre nel medesimo posto, mugolando, guaiolando, abbaiando....

«La sera dopo decisi di mettermi a balzello, ma per due notti lunghe (la luna finiva l'ultimo quarto), non vidi nulla.

«Dopo quindici giorni ci ritornai, ma avanti, come mi insegnò Nanni, seminai il greto di capi d'aringa e di bucce di mela; poi, attesi.

«La terza notte, eccoti la lontra.

«Era lei, soffice, morbida, pareva che ruzzolasse, invece di camminare....

«Ma sì! appena ebbe annusato il vento, voltò il groppone e scomparve.

«La sera dopo mi bagnai il dito indice colla saliva e lo alzai per sentire da che parte diventava diaccio. Così mi potei mettere in una posizione di dove il vento soffiasse dalla lontra a me. Ma la bestia, ammalizzita, non fece la posta.

«Stetti due sere a casa e finalmente, con una bellissima luna, ritornai sul posto.

«Faceva un freddo tale che, senza potermi muovere nemmeno un tantino, ero tutto intirizzito e sentivo la guazza piovermi addosso entrandomi nell'ossa fino al midollo.

«Dopo mezzanotte una specie di vapore d'argento cominciò a scintillare lungo le sponde e io stavo già per alzarmi, vinto, pensando che prima dell'alba la nebbia avrebbe nascosto ogni cosa, quando la lontra apparve, strisciando come un gatto. Ogni tanto si fermava, addentava una buccia o un capo d'aringa, poi alzava la testa e fiutava l'aria.

«Quando fu così vicina che, con quel freddo (ma io già non lo sentivo più, ero tutto sudato dalla passione!), vedevo il suo bel pelame fumare, cominciai, lentissimamente, a portare alla gota il fucile.

«Facevo così adagio che tutti i muscoli mi dolevano, per lo sforzo, eppure quella bestiaccia mi sentì e si tuffò più rapida del lampo.

«Non ebbi tempo di tirarle al salto dell'acqua.... e fu bene.

«Restai, smemorato, col fucile in pugno, e quasi subito la rividi tutta fradicia, arrampicarsi su quell'isolotto e guardarsi intorno annusando l'aria.

«Il tiro era sforzato, se non stecchivo la bestia al primo colpo la avrei perduta di certo, e, a quella distanza, mi riusciva difficile mirare al capo, a pallini, per non sciuparle la pelle.

«Nonostante provai e, dopo aver mirato con attenzione meticolosa, strinsi il grilletto della canna sinistra, quella strozzata, caricata a pallini del dieci.

«Un lampo, un tonfo, e non vidi più nulla. Dopo un poco principiò a salire la nebbia, nascose ogni cosa e sommerse anche me, che battevo i denti, correndo in su e in giù sull'argine, come un dannato, per rimettere il sangue in circolazione.

«Finalmente, come Dio volle, la nebbia diventò, invece che d'argento, violetta, poi color di rosa, la luna impallidì, si levò il vento, e col sole, apparve «Bàgherre» colla sua pertica in pugno e la sua pipa in bocca, come ora!

- Te ne ricordi «Bàgherre» (e intanto Foffo mi dava mano a entrare in barca, e ci tirava dentro la cagna per la pelle del collo) te ne ricordi di quella bella lontra?

- Altro, se me ne rammento! Era lì, fra mezzo alle canne, fulminata, a zampe all'aria, e colla pancia piena di pesci!

- Sicchè, domandai io, l'avevi ammazzata davvero?

- Stia zitto - rispose Foffo - sarebbe stato meglio che l'avessi fallita!

- O perchè - chiesi, mentre «Bàgherre» pigiando sulla pertica per romper la corrente dell'Arno ridicchiava sotto i baffi - o perchè? Non ti capisco.

- Lei deve sapere che io, invece di vender la lontra a un pellicciaio e chiapparci una cinquantina di lire, la regalai a una ragazza che mi piaceva. E quando la ragazza se la fu messa al collo, cominciai a pensare a quella bella bestia che m'era costata tanta fatica e che stava così bene al collo di quella bella ragazza....

- Ho inteso! Per riaver la tua lontra....

- Mi sposai la ragazza! D'altronde.... mi garbavano tutt'e due!

- Tu - concluse «Bàgherre» lasciando che la barca s'avvicinasse da sè alla sponda e abbandonando la pertica - tu mettevi l'esca alla lontra per portarla sul greto, e la lontra, poi, fu l'esca che portò te al Municipio! Torna ogni cosa benissimo! Anche noi che diavol siamo? Bestie! Si va dietro all'odore e si casca in trappola. Signori, possono scendere....

Ci dette mano a saltare a terra, mi ringraziò della mancia, e in piedi, appoggiato alla pertica, s'allontanò verso il mezzo del fiume staccando, nero, contro una immensa luna gialla che sorgeva silenziosa sull'acque.

L'UOMO CHE NON VUOL MORIRE.

Lo conobbi qualche tempo fa, per caso.... E, da principio, fui crudele con lui, senza avvedermene, senza comprendere che cosa facevo.... ed ebbi a pentirmene amaramente.

Ma veniamo al fatto.

Volevo vedere alcune pitture antiche, dipinte sul muro, in una chiesa d'origine remota, ma tutta rifatta e sciupata, sperduta in mezzo al verde tenero della pianura che s'adagia sulle sponde dell'Arno, in primavera feconde d'una vita addirittura prodigiosa.

Sulle grandi praterie, che l'autunno e l'inverno trasformano in padule, trillavano le allodole con una ebbrezza che mi rinnovellava come le piante imperlate di gemme tiepide lungo i canali melmosi, quasi asciutti; e il cielo, d'un turchino abbagliante, era veleggiato da enormi flotte di nuvole gonfie come le poppe di fantastiche navi colle attrezzature piene di vento.

Io, smarrito fra tanta bellezza, vagavo tra muriccioli bassi ed argini altissimi sotto i quali stagnavano pantani screpolati tutti fumanti di moscerini e non riuscivo, fra la vegetazione rigogliosa di pianura, uniforme come nel basso Veneto, a raccapezzare dove si nascondesse il campaniletto della chiesa che avevo vista, nella fotografia d'un giornale illustrato, accovacciata umilmente, a fianco di tre o quattro gelsi.

Finalmente, stracco e sudato, vidi un uomo vestito di nero che dipingeva seduto sopra un panchetto basso e mi avvicinai per domandargli qualche informazione.

Intanto detti un'occhiata a quel che faceva, e mi scappò da ridere.

Aveva dipinto un albero, un pioppo, con intorno un po' di verde e i monti in fondo con delle nubi, ma tutto così biaccoso e sporco e senza ombra di forma nè di colore, che io mi chiesi perchè mai un individuo, così negato alle più elementari attitudini alla pittura, s'arrabattasse, sia pure per diletto, in quell'arte difficilissima.

Nonostante, ringoiai il riso che mi zampillava sul labbro, e chiesi allo strano imbrattatele, se conoscesse la chiesa di cui andavo in traccia.

S'offrì, cortesemente, di guidarmici lui stesso, ma, prima, mi chiese se mi piaceva quel che aveva dipinto.

Gli risposi, franco, che mi pareva fosse fuori di strada, e che quella roba lì non aveva senso; era nulla, nel senso assoluto del vocabolo.

Feci di più, mi posi a sedere al suo posto, presi i pennelli e, sopra una tavoletta pulita che aveva nella cassetta, gli segnai, con pochi tocchi, i valori, in modo che, subito, dai piani buttati giù con giustezza, balzò fuori qualcosa dove almeno si leggeva l'intenzione di esprimere un albero su un prato, con dei monti lontani e delle nuvole rosee dietro al cobalto nebbioso dei monti.

- Perchè, - dissi all'individuo che mi osservava mortificato dietro a due enormi lenti da miope, - perchè m'ha fatto rosso il prato invece di farlo verde, o tutt'al più, giallo?

- Ma gli è, - mi rispose - che io vedo rosso anche il colore che ha buttato giù lei! Se lei m'assicura d'avere stemperato sulla tavoletta del verde sono disposto a crederle sulla parola, ma io vedo rosso.

- Allora lei è un *daltonico*.

- Può essere.... non lo so, non mi domando mai che cosa faccio.... butto giù, a caso.... per passare il tempo; ma venga con me, la porterò alla chiesa....

Andammo e parlò sempre lui; non dette al parroco, accorso assai premuroso, il modo di fornirmi delle spiegazioni; chiacchierò, continuamente, come una macchinetta caricata, anche in archivio dove il prete sfogliava delle filze ingiallite, poi mi trascinò verso casa sua, dicendomi che lui faceva il maestro elementare, per vivere, odiato dai ragazzi, dai colleghi, perseguitato dal direttore, tacciato di pazzo.

E pazzo pareva, mentre mi sciorinava sotto gli occhi delle pitture spaventose, delle cose inimmaginabili.... Donne di biacca con occhi di blù minerale e capelli verdi, nude, ma senza forma, lune tonde, mucchi osceni di colore viscoso e gialliccio, mani più grandi dei volti, teste colossali come cocomeri o piccine come noci su corpi eseguiti con giri e rigiri furibondi di pennellesse intrise, a caso, nelle ripuliture della tavolozza.

- E questo, diceva il maestro parlando svelto - è il mio capolavoro!

Guardai e vidi quattro palle di spinaci, sette od otto sbarre nere contorte come saette, una croce tutta piegata e una specie di carota rossa.

- Questo è il cimitero!

- Quando me lo dice lei.... Non le piace? non lo capisce?

- Ecco la parola esatta.... non lo capisco.

- E allora, stia a sentire, glielo descrivo in versi.

E giù una valanga di endecasillabi di trenta, cinquanta, cento sillabe, e dei tronchi, e dei quinarii, e dei versi bisillabi e in fondo uno strano accozzo di parole in libertà, ma parole senza senso, suoni e basta: zu, zu, tun, tun, cra, cra.... no! no! tin! stà! pun! to! oh!

- Ma che roba è?

- Come? non ci sente il Pascoli?

- Io no.

- E allora proviamo con Carducci, perchè io, perdio! sono italiano.

Fece un passo addietro, si arruffò le chiome assalonniche e cominciò ad esaltare la bandiera italiana con furore selvaggio, agitando le braccia, lunghe come gli avvisi dei passaggi a livello.

Nel gesticolare inciampò e fece traballare qualche cosa che pareva una statua, sopra un trespolo di legno.

Corsi ai ripari e la statua non cascò.

Allora la guardai.

Impossibile descriverla; era un ammasso di creta presa a zuccate da un delirante, frugata inconsciamente dalle dita d'un ragazzo, tutta bitorzoli, buche, e con degli stecchi infilati, a raggèra, sulla sommità.

- È il genio - mi spiegò il maestro.

Io cominciavo a sentirmi male.

- È il genio, e l'ho modellata stanotte. Alla una mi sono alzato.... ascolti bene!

Mi afferrò con una forza di cui non l'avrei creduto capace e proseguì:

- L'anno passato io non dipingevo, non scrivevo poesie, non modellavo.... perchè non ci ho attitudine. Ci crede?

- Si figuri!

- Tutt'al più leggevo.... ma il tempo mi passava veloce perchè dopo la scuola mi mettevo nell'orto a guardare il cielo, a toccare i fiori o le piante, a fantasticare.... e intanto sentivo mia moglie che cantava in cucina.... capisce? mia moglie! Era incinta.... ed era bella... troppo bella per me... e fedele... e buona.... Io vivevo per lei e per la creatura che doveva nascere e mai, mai sentivo il bisogno di far qualche cosa, che non fosse strettamente necessaria....

«A scuola tenevo l'orologio sulla cattedra per non rubare un momento di più del tempo che dovevo a mia moglie, e da scuola a casa facevo la strada di corsa....

«Poi, arrivato a casa, mi mettevo in cucina, o nell'orto, e stavo ad ascoltarla cantare, mentre sfaccendava....

«Si aveva appena appena il bisognevole, signore, appena quanto occorreva per mangiare e coprirci;

ma si era felici!

«Ed ecco giunse il giorno del parto.

«Tutto andava bene, quando a un tratto sopraggiunse la febbre e mia moglie non potè sgravarsi....

«Vennero a prenderla con una automobile grigia, e la portarono all'Ospedale e poi mi dissero che era morta, e mi chiesero se volevo andare a vederla.

«Io rifiutai.

«Domandai se l'avrei sentita cantare e mi guardarono con degli occhi strani.

«Qualcuno disse: Come deve fare a cantare, se è morta?

«Ed io non mi mossi di casa.

«Da allora in poi ho bisogno assoluto d'azione. Guai, guai se mi mettessi fermo, anche cinque minuti soltanto, a riflettere, a fantasticare, come facevo quando, nella stanza accanto, c'era lei che cantava....

«Ora bisogna che faccia qualche cosa e presto, senza pensare, senza riflettere....

«Faccio, a caso, quel che mi viene in mente, ma senza una sosta. Mi comprende? Agguanto i pennelli, strizzo un tubetto e via.... comincio a lavorare, senza neanche distendere gli altri colori sulla tavolozza.... oppure, con un lapis, principio a buttar giù versi....

«Se la notte mi sveglio, balzo dal letto, mi getto addosso un pastrano, scendo in salotto, accendo la luce e mi metto a lavorare....

«Giorni or sono, da una fornace, dove ero passato per combinazione, mi feci dare un po' di creta vagliata e molle e stanotte, essendomi destato a un tratto, ho messo su quell'affare. Non avevo mai modellato, non so come si faccia, di dove si cominci.... che importa? Quel che importa è «agire»; se mi fermassi bisognerebbe che mi uccidessi, subito. Eppure sento che è fatale, che è inevitabile, che è scritto! Un giorno o l'altro rimarrò imbarazzato, non saprò che cosa inventare, sentirò, a un tratto, il silenzio. E allora dovrò ammazzarmi, perchè tutto si può tollerare, fuori che il silenzio».

- Ma, come fa per trovar sonno?

- Non lo so.... sto tanto in piedi che, alle volte, m'addormento ritto; non mi spoglio, del resto, quasi mai, non faccio a tempo, il sonno mi fulmina, così, quando proprio non ne posso più, e non me ne accorgo....

«Ma lei, ancora, non ha visto nulla..... guardi!».

Spalancò l'uscio d'una specie di rimessa enorme, entrò dentro, al buio, inciampando non so dove, aprì una finestra dopo aver cempennato un pezzo e inondò di luce una caterva spaventosa di mostri dai colori mai pensati, dipinti con furia selvaggia su cartoni, tele, pezzi di mattone, tavole di legno mal pulite, sui muri, sul soffitto, da per tutto....

Allora ebbi paura, perchè, finalmente, avevo compreso anche quegli aborti.

Il disgraziato era un «espressionista» senza saperlo, ma essendo profondamente sincero, i suoi pupazzi inverosimili, esaminati psicologicamente, divenivano, di conseguenza logica, dei capolavori; perchè in ciascuno di loro leggevo ora, distintamente, la disperata fretta dell'uomo inseguito dalla morte e che non si rassegna a morire, il destino dell'umanità obbligata a correre per non sentire il silenzio, il vuoto, nel quale si agita, credendo di vivere, mentre invece è già morta.

LA POSIZIONE DI CENTOPELLE

La povera bestia allungò il collo a guisa di giraffa, cogli occhi, appannati da un velo azzurro, fuori dell'orbita e, forse per abitudine, distese le gambe deretane; ma nel far così le si piegarono quelle davanti e cascò sui ginocchi, bernoccoluti come bronchi di cerro.

Il povero Centopelle sostenne, finchè potè, il muso lungo della sua brenna bolsa, poi alzò gli occhi al cielo e allentò le braccia.

La testa del cavallo s'adagiò sul suolo; poi tutto l'enorme corpo dalle costole sporgenti come manichi di panieri posò di quarto sopra uno stanghino, che si ruppe, e rimase, immobile, sollevando i fianchi e abbassandoli faticosamente, nel fango.

Centopelle cominciò a sfibbiare i finimenti, rotti e rappezzati malamente collo spago, liberò il cavallo dalle stanghe, senza che passasse un cristiano a dargli un po' d'aiuto, tirò il barroccio sul margine della strada, lo addossò al ciglione con due ruote nel rigagnolo e due fuori e infine, ritornato dalla sua bestia, le passò delicatamente la coperta sotto le gambe anteriori.

Quindi si fece due passi indietro, agguantò il cavallo per la museruola e gli gridò: «Oooh! suuu....u!»

Il cavallo fece uno sforzo e ricadde.

Dalle narici turchinicce gli colava giù lentamente un orribile moccio verdastro.

Tra i denti gialli, dal morso arrugginito, ciondolava un filo di paglia. Centopelle si battè la fronte coi pugni.

Lungo la via provinciale, diritta, a perdita d'occhio, fra le due siepi basse, colla fila dei paracarri, goffi, come tanti pinguini in parata, dalla parte del fossetto, non si vedeva un'anima viva e le nuvole bigerognole, gravide di pioggia, erano basse, così basse che strofinavano sui tetti delle case lontane, sul campanile aguzzo dipinto di rosso, le loro pance mostruose.

Ad un tratto a Centopelle parve d'udire un rumore.

Aguzzò gli occhi e riuscì a distinguere un puntolino nero che appariva in fondo alla linea diritta e violetta della strada fangosa.

Il puntolino crebbe, ingigantì, s'avvicinò; Centopelle intese il rumore delle ruote, distinse la sagoma d'un barroccino, e si piantò, a gambe aperte, nel mezzo della via, facendo colle braccia lunghissime dei gesti disperati.

Il veterinario (si trattava per l'appunto di lui) si fermò indispettito.

Era un giovinottaccio grande e grosso, biondo, cogli occhi chiari di ladro; faceva a mezzo coi macellari, chiudendo un occhio e anche tutti e due, ma le seccature senza utile immediato le aveva al naso come la senape.

- Beh! che è successo?

- Questa bestia non va più avanti e io son rovinato.

Il veterinario fece un verso colle spalle come a significare: «Ma che cosa posso farci, io?» Però, siccome spuntava gente da un casolare non lontano, là, al gomito della strada maestra, scese di barroccino e s'accostò al cavallo.

Lo tastò, gli alzò il muso, gli rovesciò le palpebre.

Centopelle seguiva, trepidando, tutti i movimenti del medico.

Questi lo guardò in faccia e gli disse: Brutto male, ha il tuo cavallo....

- O cos'ha?

- Ha un male per cui non ci son medicine, caro mio! almeno fino ad oggi, che sappia io, non le ha inventate nessuno....

- Gesummaria! O che malaccio è?

- Vecchiaia, mio caro!

I tre o quattro, che erano arrivati e avevan fatto circolo, sbottarono in risatacce sguaiate.

- Ora tu l'hai bell'e saputo!

- Sei persuaso?

- Più che vecchi....

- Non si può campare!

Il veterinario risalì in barroccino e disse a Centopelle, mentre ripigliava la frusta e le redini: - Mi raccomando! codesta carogna ha anche il moccio.... non c'è nulla da fare. Caricala sopra un barroccio, portala alla sardigna e ammazzala. Arrivederci.

Una stratta alle redini, uno sfaglio della cavalla e il veterinario sparì.

Il più vecchio di quei tre o quattro curiosi s'accostò a Centopelle rincitrullito e gli mormorò: Il tuo barroccio è grande, il greto dell'Arno è vicino e il ciuco te lo presto io. In qualche modo tu mi compenserai.

Centopelle non capiva più nulla.

Colle gambe larghe, le braccia penzoloni come il crocifisso del Chiacchiera, diceva, internamente, a se stesso: E ora.... come faccio?

Perchè a morirgli il cavallo, perdeva tutto.

Lui in vita sua non aveva mai fatto, non aveva saputo fare altro, che quell'accidentato mestiere del procaccia, e piovesse, nevicasse, tirasse tramontano o scirocco, o arrabbiasse il solleone, era sempre andato in su e in giù come le secchie con un cavallo più o meno arrembato che barattava quando prevedeva potesse diventare inabile al lavoro. Ma questo, il quale ora faceva una fine così tragica, gli aveva durato più di tutti, tanto che aveva finito coll'affezionarcisi. Da vent'anni ormai gli faceva il servizio ed erano, si può dire, invecchiati insieme.

Prima della guerra, ritrovandosi cento franchi in tasca, Centopelle venne tentato di disfarsi del fido animale, e, per dire il vero, traccheggiò pensando che bisognava a tutti i costi pigliare un cavallo più giovane rifacendo la differenza, ma quel traccheggiare fra il pensiero di restar senza un centesimo da parte per il caso d'una malattia, il dispiacere di abbandonare il compagno della sua esistenza e la necessità, si protrasse tanto che, perduta l'occasione, Cenlopelle restò colla sua bestia bolsa.

Poi venne la guerra, colla guerra i prezzi cominciarono a salire e il centinaio di franchi del pover'uomo a scendere e, da ultimo, egli sì trovò povero in canna più di prima e con un ronzino che non tirava più il barroccio alle salite e si fermava ogni tanto colle gambe davanti puntate, a guisa d'arcucci, sul terreno, quelle di dietro divaricate, colla coda ritta e lo sfintere boccheggiante, coi fianchi ansimanti peggio de' mantici, ma senza che gli riuscisse di pisciare.

Centopelle la catastrofe se la sentiva sdrucciolare giù per il groppone da un giorno all'altro, ma non avrebbe mai creduto che dovesse succedere così presto.

Non ci credeva quasi nemmeno ora, mentre il cavallo stronfiava disteso nel fango, cogli occhi appannati da un velo turchino e il moccio verde che gli colava dal naso.

Frattanto i così detti pietosi radunatisi lì intorno avevano già trascinato fuori dal fossetto il barroccio, e inclinatolo a terra si studiavano di trascinarci sopra la mole inerte del cavallo il quale lasciava fare, rintontito, dando ogni tanto uno scrollone, che li faceva indietreggiare, impauriti delle pedate, per ricascar subito giù, sempre maggiormente disfatto e spiombante.

Era un affare duro quello di issare un peso morto a quel modo sul piano del barroccio, ma, finalmente, avendo messo un rullo sotto il ventre alla bestia, e i più forti sollevandola per la coda e con delle funi passate di sotto la pancia, riuscirono a portarla a metà del veicolo e subito altri quattro o cinque, chè ormai, erano accorsi da tutte le parti e i ragazzi, fatto circolo, si divertivano, abbassarono le stanghe pigiandole con tutta la persona, finchè il barroccio si sollevò e il cavallo vi sdrucciolò sopra.

Allora ci attaccarono il ciuco e andaron via, nella mota a quel modo, sotto il cielo color di piombo, lentamente, una carogna trasportandone un'altra, con Centopelle dietro che barcollava come un ubriaco e i ragazzi i quali si spinteggiavano per tirar la coda e spunzecchiare il cavallaccio moribondo, ormai immobile.

A un certo punto doverono fermarsi perchè una ruota stava per istroncare una zampa della bestia, che si era impigliata nei raggi di legno.

Lungo il greto turchino l'acqua gialla gorgogliava rapida trascinando sul dorso gonfio fuscelli, tronchi d'albero, la veste d'un fiasco, un gatto morto.

Il barroccino passò crocchiando sull'ossa dei muli, dei ciuchi, dei cavalli uccisi. Il fetore di sangue stagnante in una pozza, benchè fosse d'inverno, era insopportabile.

L'asino si fermò colle orecchie basse, ridicolo, in una posa di pazienza infinita.

Uno, liberato il ciuco dal pettorale, dette l'aire alle stanghe del barroccio che s'alzava di schianto lasciando scivolare il cavallo sul greto.

Boghe già si faceva avanti, sulle gambe sbilenche, colla pipa corta in bocca e in pugno un annoccatoio lucente. Ma Centopelle lo fermò.

- Povero a te se lo tocchi! la mia bestia l'ammazzo da me!

- Se non vuoi altro! - rispose Boghe ridendo - tieni! Serviti! E gli porse l'annoccatoio.

Centopelle lo prese, si fe' un passo indietro e lo piantò con quanta forza aveva nel collo al cavallo.

La povera bestia ebbe un soprassalto e riuscì a sollevarsi sulle ginocchia, guardando il padrone cogli occhi velati in cui s'intravedeva la stupefazione, poi ricapitombolò, scalciando all'aria coi quattro ferri, mentre un getto di sangue nero inzuppava Centopelle, (a cui era scivolato di mano l'annoccatoio) immobile, colle gambe divaricate e le mani ciondoloni dai fianchi.

- O cosa tu vuoi fare del barroccio, ora?

- Nulla.... hai ragione....

- Te lo compro io!

- E te piglialo!

- Con questi pochi andrai avanti qualche giorno....

- Già.... mangerò....

- E poi....

- E poi mi butterò in Arno.

- Che scemo! ci s'accomoda.... ti do qualcosa meno e in cambio ti regalo una pala e un corbello....

- Per fare?

- Che merlo! per fare il mestiere di chi non ha più mestiere.... per raccattare il concio per la strada. È l'unica cosa sulla quale ancora non ci sia la tassa.

- Già! non ci avevo pensato....

- Ma ci ho pensato io! Diamine! non si lasciano gli amici nell'imbarazzo!

- Ma allora.... c'è il caso che mi possa riescire di seguitare a mangiare!

- Altro che mangiare! Diventerai un mezzo signore. Lo vedrai.... Andiamo, ragazzi!

Riattaccarono il ciuco al barroccio, gli tirarono una legnata nella pancia gonfia come quella degli affogati e il ciuco scrollò un orecchio e si mosse.

Montarono tutti sopra e Centopelle li seguì, a piedi, insanguinato e rimbecillito.

- Oggi, - disse quello che aveva comprato il barroccio, - Centopelle mangerà un boccone con noi, e deve stare allegro. Perchè ormai si è fatto una posizione!

Tutti schiantarono dal ridere e Centopelle rispose: - Grazie!

Il ciuco a orecchi bassi, con grande sforzo, fece risalire il greto al barroccio e imboccò il fango della strada maestra.

Gli tirarono un'altra legnata perchè ricominciava a piovere; ma il ciuco non mutò il passo.

VILLEGGIANTI POVERI

Che felicità! Abbandonare, per un mese lungo, le occupazioni monotone, uguali, sentirsi libero di se stesso, purificato dall'aria, dal verde, dal silenzio....

Il modesto impiegatuccio privato aspettava l'ultimo giorno del luglio con l'ansia del ferito che aspetta il chirurgo mandato a chiamare in fretta e furia.

La moglie aveva preparata la cesta con la biancheria, le spazzole, il pettine, il rasoio automatico, il Cirillino di stoppa per il bambino, e s'era data premura di ritirare dal libretto postale la sommetta messa insieme, a forza di privazioni, per potere andare a respirare quella boccata d'ossigeno sotto i pini.

Non molto in alto, veh! La montagna è roba da gran signori, come il mare.

Ma a loro bastava poco: più che altro la libertà, la quiete, e un alito fresco dopo calato il sole.

Capirono subito che nella stanza, affittata dentro il paese per spender meno, sarebbero stati male; però non dovevano, si può dire, starci quasi mai, fuorchè la notte e la notte si spalancano le finestre e tutto è accomodato.

Il letto, duro, sgrigliolante di foglie di gran turco, faceva buca nel mezzo e i travicelli minacciosi inseriti nelle travi maestre a due palmi dal naso, mettevano addosso un senso penoso di soffocazione.

Giù, nella strada del borgo, gran chiacchierio di gente fino al tocco o le due! La famiglia dell'impiegato abituata a coricarsi alle nove non riusciva a pigliar sonno con tutto quel fracasso: a chiudere le finestre c'era da impazzire dal soffoco, inoltre il lampione mandava il riflesso dentro la stanza richiamando il violino rabbioso di qualche zanzara vagabonda.

Nelle pause delle urlate acute dei ragazzi che davan la baia allo scemo del paese, il violino della zanzara s'avanzava minaccioso, bucava la penombra con un trapanio così risoluto da parere, di minuto in minuto, che si dovesse vedere apparire chi lo sonava.

Ma il sonatore era invisibile.

Soltanto, a un tratto, le zampe impalpabili si posavano sopra una gota e il violino smetteva.

Allora il classico ceffone, a vuoto, schioccava nella camera incandescente che esalava adagio, adagio, il riverbero del sole, succhiato, durante il giorno, dalle pareti scialbate a calce.

A mezzanotte la luce elettrica veniva tolta al paese; il chiasso di sotto non diminuiva, ma nel rettangolo della finestra si vedeva il bianco della casa di faccia inquadrarsi, e dava la precisa sensazione d'esser murati, vivi, dentro a quella stanza infernale.

Alle due, fine del chiasso, e da un orto vicino cominciava il richiamo dell'assiòlo.

Tiù! Tiù Tiù.

Il grido desolato scandiva il tempo massiccio, forando come uno spillo l'aria afosa, grossa da tagliarsi col coltello.

A quell'ora si doveva star bene sul monte, fra i pini, guardando lo scintillio silenzioso delle costellazioni.

Ci sarebbero andati all'alba, a godersi quel ventolino che non ha ancora forza di sollevare la polvere fetida delle strade abburattate dai «camions».

Invece l'alba, dopo la fatica della notte e il rivoltarsi e il lottare tra il sonno e la veglia, li prostrava in un annichilimento di convalescenza.

Un fiato d'aria s'insinuava dal fondo, la parete di faccia s'allontanava, schiarendo, il violino (la zanzara satolla, dormiva colle zampe capillari attaccate a una screpolatura dell'intonaco) s'era chetato, e prima la moglie, poi il marito, mandavano un sospiro di sollievo beato.

Lei si faceva vento colla rimboccatura del lenzuolo, lui sporgeva il capo, come un pollo al becchime, godendo a sentirsi rasciugare dal fresco il sudore che gl'imperlava la zucca, e poltriva senza aver la forza di alzarsi.

Il ragazzo, nella fossa del letto, cogli occhi chiusi e la bocca aperta, pareva di cera.

Veniva la voglia di scivolare, giù, sotto le panchette accanto al vaso bigio, a vedere se fosse scolato mezzo di sotto.

Un sonaglio oscillante, uno zampettare sordo, qualche fischio soffocato.

Passavano le capre, col buon latte fervido nelle mammelle turchine.

E chi se la sentiva di balzar giù dai letto?

L'armento s'allontanava nella quiete violetta del lastrico sconnesso, fra le due file, uguali, di case dormenti con le finestre spalancate.

Il campanaccio s'affievoliva, lo zampettio, trovata la polvere della maestra oltre il lastricato del borgo, si spengeva di colpo insieme all'ultimo belato.

Pensavano: Domani s'anderà a veder mungere il latte fresco!

Ma non ne facevano nulla.

Risentivano forse del trapasso dalla vita febbrìle cittadina all'inerzia assoluta della campagna stordita dal solleone, dal fragore rombante e strombettante e scampanellante della folla, dei tranvai, delle automobili, al silenzio afoso del borgo dove ogni rumore, invece di fondersi con altri mille, arrivava solo e distinto: la «distesa» delle campane, il suono dell'oriòlo dalla torre, uno strider di lima dalla bottega d'un fabbro, l'abbaiare improvviso d'un cane.

Ma il secondo giorno, nel pomeriggio, fuggendo dalle pareti arroventate a bianco della camera ardente, si arrampicarono in pineta.

Per arrivarci s'arrostirono e s'impolverarono e, come vi furono giunti, il terreno scottava esalando aria tremante dove danzavano i moscerini.

L'erbe, le stoppie erano sparite e in quella vece gli aghi dei pini avevano formato un tappeto irsuto e maligno dove le scarpe senza bullette scivolavano come l'unghie d'un conigliolo sopra un piano levigato.

Tutto il poggio sembrava squassato diabolicamente, a guisa d'un cembalo selvaggio dalle cicale arrabbiate che sbattevano sui rami le sonagliere senza pace.

Provarono a rampicare più alto.

I cipressi parevano fiamme spente pietrificate e doverono accucciarsi all'ombra del muro alto del cimitero, girandosi, ogni tanto, col sole che veniva a scovarli quasi avesse giurato di farli impazzire.

Di lassù i monti turchini s'adagiavano nella luce implacabile, il cielo rovesciava sulle nuche la cupola di lamiera scaldata a bianco e nella pianura, gli olivi avevano, invece di foglie, tante fiammelle accese in vetta alle rame immobili.

La campagna arrabbiava nell'arsura.

Mosche cavalline, estri di smeraldo, pappataci impercettibili, bucavano le carni, di sopra le calze, di sotto ai calzoni; il ragazzo urlava, assalito da un calabrone nero come un diavolo.

Passando vicino a qualche macchia, in cerca disperata di fresco, da un sudiciume s'alzavano, avventandosi contro le faccie sudate, sciami di mosconi e di vespe.

Quando il sole ebbe nascosto il disco di porpora dietro il dente di una montagna, fu come se avessero spento un gran rogo e fosse rimasto il cumulo e lo sparpaglìo delle ceneri calde.

E poi venne il vento.

Venne stanco d'aver sollevato l'enormi lontane distese dell'acque marine, d'averle agitate a grandi masse, senza collera, ed ebbe appena la forza di far sussurrare le chiome delle pinete stente, decimate dai proprietarii per sete di lucro, durante la guerra.

Nell'ombra una cicala ammattita seguitava a scuotere il cembalo, come se avesse preso impegno di far danzare i grilli di giorno.

Allora apersero il paniere delle provviste e cenarono.

L'acqua era diventata, nel fiasco, tiepida come piscio e il marito dovè ridiscendere il monte e andare in paese a rifornirsi.

Arrivò col fiasco salvo tra le braccia, ma colle ginocchia sbucciate da un pattone sul tritume secco.

Il vento si riprovò a dare un brivido di voluttà ai pini vecchi e rachitici, senza riuscirvi, mentre il bambino buscava una labbrata per aver rovesciato il bicchiere del vino e la signora si doleva perchè non era avvezza a mangiare in quel modo, seduta sopra al terreno a sdrucciolo, senza sostegno.

Finirono di cenare appoggiati al tronco d'un pino, colle gambe per in sù, sbrodolandosi quando bevevano e non gli fece pro.

Il marito non riusciva a fumare, e cominciò a discorrere con nostalgia dei caffè di piazza Vittorio e delle granatine al limone.

Scesero, non si sa come, dal monte e quando arrivarono sulla piazza pareva che fossero reduci da una bastonatura.

Sulla farmacia, davanti a pochi tavolini, un gruppo di signori, inamidati e intirizziti, e di signore, in «toilettes» ultra leggere, davan la bèrta a chi passava, da padroni e da gente che non ha nulla da fare.

Appena apparve il terzetto scalcinato, qualcuno, dei meno cotennosi, buttò la frase:

- Paiono quelli del «Passaggio memorabile» di Fucini!...

Udiron le risa sguaiate e si misero a sedere sulla punta dei panchetti, davanti al caffè dei più poveri, vicino a un mucchio di operai in camiciola che puzzavan di sudore e giocavano a carte.

Il caffè sapeva di ghiande.

Poi il borgo li ringoiò e la stanza dall'atmosfera appiccicosa riabbassò sui tapini il soffitto di travicelli.

Sventolandosi, ignudo, alla finestra, il marito disse, solennemente, alla moglie: Domani, all'alba, zaino in ispalla e «marche»!

Nell'alba torbida, preannunziante un'altra giornata feroce, qualche manovale usciva di paese, dalla parte a monte, colla giacca sul braccio, fischiettando, mentre i meno fortunati, stivandosi in un automobile simile a uno strumento di tortura, al simulacro di «Moloch» che ingoiava la gente, scomparivano a valle, in fondo al viale dei cipressi polverosi, verso il bracere della città.

I due villeggianti, col bambino insonnolito, traballavano come ubriachi, stanchi per la notte insonne e non abituati a veder sorgere il sole.

Digiuni, sentivano lo stomaco languido e la testa vuota, il nastro roseo-azzurro della strada, tortuosa fra mezzo ai balzi immobili picchiettati di ginestre verdi sfiorite pareva, ai loro occhi abbagliati, che si muovesse, e il brivido freddo precedente l'aurora, invece di refrigerio, recò loro un senso improvviso di malessere.

Il ragazzo si fermò a gambe larghe in mezzo alla via, urlando a bocca aperta come se lo spennassero, incapace a proseguire, al babbo si presero degli urti di vomito, a secco, che lo facevano ripiegare sopra se stesso.

- Hai voluto accender la pipa a digiuno.... ben ti sta! - disse la moglie amorosa per consolarlo; ma un vecchio segantino che s'avviava col suo passo metodico e l'arnese in ispalla su, verso i poggi, disse scuotendo la testa:

- La torni addietro a bere un bicchierino...l'è stata la levataccia.... si sa, unn'ènno avvezzi.

E seguitò, tranquillo, quasi orgoglioso della sua forza, della sua salute, che gli permetteva di compassionare quei cittadini, lungo la strada bianca fra i balzi verdi, incontro al sole ormai alto.

Da quella mattina non ardirono uscire dai limiti del paese dove s'aggiravano circospetti come i gatti senza padrone, evitando la farmacia dove i famosi «panchetti» li aspettavano al varco per isbeffarli e i barroccini dei fruttaioli i quali, avvistisi che non compravano frutta, cominciavano a urlare, appena comparivano:

Loro, le piglian nei campi!

Tutti i «domani» eran peggiori dell'«ieri» finchè un bel giorno, per caso, il terzetto famoso, entrato in una chiesa per riposarsi un poco all'ombra, riuscendo dalla parte dei chiostri, s'accorse, a un tratto, d'aver trovato, finalmente, il refrigerio.

Un doppio ordine di svelte colonne ricorreva intorno al cortile col pozzo nel mezzo.

Il chiostro superiore era animato dai guizzi capricciosi e fulminei, dallo schiamazzo giocondo delle rondini che avevano nidificato fra le travi.

A terreno, ali bianche di suore della carità; ali rosee e turchine di colombi gemebondi, vesti azzurre di monache e grembiali multicolori di ragazzi: l'asilo infantile che faceva scuola all'aperto.

La torre, altissima, diritta come il carattere degli uomini che la edificarono, vigilava a quella pace la quale pareva dovesse esser sempre stata uguale, da secoli, tanto la quiete del luogo allontanava l'idea della morte con un senso riposato di eternità.

Dallo spessore dei muri in pietra alitava fresco, un po' umido, come quello che sale dagli abissi.

Lo spazio di cielo azzurro contro il quale si scagliava dall'ombra viola l'enorme stelo color di rosa della torre era tutto un tripudio di strida, un saettare fremente di ali.

Il ragazzo si mise a battere le mani alle rondini, il babbo e la mamma rimasero a bocca aperta, come i rondinotti dei nidi, a respirare l'aria trepidante di voli; in quella piccola selva di colonne si sentivano meno a disagio che nella vera selva, godevano la protezione di una solitudine fatta per gli umili e per i poveri, erano al sicuro dagli uomini e dalle bestie (tutt'eguali!) sotto lo sguardo d'Iddio.

Il tempo passava senza che se ne avvedessero, finchè un uomo incappato di bianco salì su a domandare cosa volessero, chè se aspettavano il signor Proposto era inutile perchè aveva dovuto recarsi in città.

Allora capirono di non essere come in chiesa che è la casa di tutti e, a capo basso, il marito avanti, la moglie dietro col bambino per mano, uscirono.

Sulla porta il marito, rialzando la testa, disse solennemente alla moglie: Domani....

Ma si chetò e traballò, perchè uno scampanio improvviso scosse l'edificio dai fondamenti facendo fuggire le rondini. La torre aveva cominciato a suonare a morto.

IL GATTO E IL PADRONE

Sotto la pergola di convolvoli e di pampani mescolati insieme bizzarramente, d'onde filtravano, sul terreno ghiaioso del giardinetto, vivi occhi solari in mezzo all'ombra celeste della giornata afosa, il «padrone», sonnecchiava sopra una vecchia sedia di giunco a spalliera.

Lo chiamavano il «padrone» di soprannome, forse perchè non era padrone di nulla, altro che di un gatto soriano, enorme, ormai anziano e non poco intignato.

Caso curioso, ma non infrequente, gatto e padrone si rassomigliavano.

Il gatto aveva nelle pupille grige tutta la fintaggine sorniona della sua razza, e il padrone aveva nelle iridi smorte degli occhi cinerei tutta la rassegnazione paziente di chi non ha mai fatto nulla, contentandosi d'aspettare la manna dal cielo.

E, naturalmente, l'aveva con quelli che lavoravano.

Parlava poco; ma se passava il medico, tutto trafelato, colla schiena rotta dai sussulti del barroccio d'un contadino, eccolo urlare: - Io, se fossi il padrone del pane, a quello, non gliene darei punto!

- O perchè? - gli chiedevano.

- Perchè è un vagabondo! Bella fatica!... andare a spasso tutto il giorno e far due segni, col lapis, sur un foglio di carta....

Dunque, il gatto e il padrone, si rassomigliavano.

Il padrone sonnecchiava sopra una vecchia sedia di giunco, a spalliera; il gatto dormiva in un'aiòla di giaggiòli.

Aveva stiacciato lo stelo di tre o quattro e così era riuscito a farsi un covo, d'onde, pigramente sdraiato con tutt'e quattro le zampe intirizzite dalla beatitudine, seguiva i ghirigori fulminei che le rondini tracciavano nel lembo rettangolare d'aria turchina fra la gronda del tetto e il margine della pergola.

Nel silenzio dell'ora calda, afosa, era un gran ronzio d'api, di vespe e di calabroni.

Le campanule secche dei convolvoli pendevano all'ingiù come cose morte, i pampani avevano delle strane chiazze malate, di ruggine, in mezzo al verde e una lucertola smeraldina, arrampicata lungo un palo di sostegno, ansimava, sbattendo gli occhietti, come se fosse lì lì per scoppiare.

Ogni tanto di sopra, dalle persiane socchiuse, veniva il rantolo del tossicone dello zio moribondo.

Il medico, l'odiato medico, non ci si fermava nemmeno più.

Aveva detto la sua ultima parola, un parolone che faceva andare il sangue al capo del padrone quando si provava a ripeterlo, e così credeva esaurito il suo compito.

Invece d'esser contento perchè il medico non faceva più visite e il conto s'era fermato, il padrone s'arrabbiava perchè il dottore se la cavava con una parola latina, o quasi.

E cavava di tasca il foglio dove l'aveva scritta a lapis e la rileggeva, stentando.

- E...mi...ple...gia!

Tanto valeva che avesse detto «un accidente». Gli pigliasse anche a lui!

E ora quel sacco di panni sudici ansimava lassù, nella camera calda come un forno, facendosi ogni cosa sotto e stentando a morire.

- Quanto potrà campare? - aveva chiesto il padrone al medico, mentre se ne andava per l'ultima volta.

- E chi lo sa? un mese, un anno, due mesi, due anni.... ha avuto una paralisi dal lato sinistro, del resto è sano come e più di noi!

Il padrone faceva i conti; intanto aveva licenziato la vecchia Càtera.... Non si sa mai! e tirava a risparmiare anche il lesso per il brodo e le cucchiaiate del calmante.

Ogni mattina, levandosi, sperava che fosse l'ultima.

Scendeva col suo passo lento, d'uomo che non ha mai avuto preoccupazioni, la scala; andava in cucina, tirava l'acqua, metteva il paiolo a bollire, su poche frasche avanzate alla potatura, saliva in camera a veder che cosa ci fosse di nuovo, mutava il «toppone» al malato, aspettava che quello si appisolasse e ritornava giù, sotto la pergola, come il giorno innanzi.

Sotto la pergola tutto era uguale alla mattina prima, e il gatto, con un occhio attento ai voli delle rondini, pareva non si fosse mosso di lì.

Il gatto aspettava da sei mesi che una rondine cascasse giù, per mangiarsela.

Il padrone aspettava da sei mesi che lo zio morisse, per ereditare la casa, il campo, l'orto e seguitare a campare in quel modo, contentandosi di pochissimo, pur di non far niente.

Il contadino diceva: - Quando diventerete padrone davvero, di nome e di fatti?

- Quando a Dio piacerà! Io non ho furia.

Non aveva fretta, ma aspettava la morte, come il gatto aspettava la rondine, che cadesse al suolo.

La sera, quando l'ombra fasciava di silenzio la campagna e l'un'ora suonava mestamente dalla torre del borgo ricordando a chi si metteva a tavola di dire un *requiem* ai poveri defunti i quali, anche loro, esigono la loro cena spirituale, il padrone tendeva l'orecchio.

Ma nel silenzio rintronava uno scoppio di tosse, mentre dal nido sotto la gronda partiva l'ultimo cinguettio delle rondini che si accomodavano per dormire.

Allora, delusi, il padrone ed il gatto rientravano in casa.

Il padrone accendeva il lume a petrolio e, ritirato dal fuoco il tegame di zuppa rafferma, mangiava lentamente, coll'occhio atono fisso sulla parete bianca di faccia, buttando ogni tanto un pezzo di pane intinto alla bestia.

Poi spegneva il lume a petrolio e accendeva la candela.

Saliva la scala, entrava in camera del morituro; col gatto dietro.

Lo guardava dormire, rosso in viso, coll'occhio sinistro stravolto e la bocca torta, ma col respiro tranquillo.

Scrollava il capo e andava a letto.

Il gatto s'accomodava sulla pedana sfrangiata, mentre di fuori, appena spenta la luce, dalle imposte socchiuse entrava la melodia lontana dei grilli.

Venne l'autunno, rinfrescò, e una mattina il padrone tese invano l'orecchio agli scoppi di tosse dello zio.

Entrò in camera.

Era morto.... morto bene.

Buttò all'aria tutti i cassetti, voltandosi, ogni poco, a vedere se il morto avesse aperto l'occhio buono e lo guardasse; ma non trovò nulla.

Era morto intestato. Tanto meglio! Perchè l'unico parente, e il più stretto, era lui.

E dispose ogni cosa per il funerale; un funerale modesto. Carro di terza classe e lanternino dei poveri.

Ma, con sua grande sorpresa, verso il crepuscolo vide arrivare ghirlande di fiori, tutti i contadini coi torcetti, i mortuarii in cappa bianca e perfino la Misericordia, colla «banda» e in cappa nera....

Quelle disposizioni le aveva date la Càtera, lasciata erede con testamento depositato presso un regio notaio, di tutto, della casa, dell'orto e del campo!

Piovigginava.

Le luci rosse del trasporto si perdevano, come lucciole mostruose, dietro la siepe sull'orlo della quale spuntavano, invece, le stelle.

Il padrone seduto, sotto la pergola umida, sulla vecchia sedia di giunco, aveva l'aspetto d'un cencio inzuppato dall'acqua.

Il gatto, sulle quattro zampe, guardava su, verso il nido vuoto, d'onde le rondini erano partite.

SEDANI E BARABBA

O lui come avrà fatto a campare? Eppure campava, e, a modo suo, non gli mancava nulla....

All'uscita dalla messa delle dieci era bell'e al suo posto, accanto all'ultimo loggiato della chiesa, sotto l'orologio, colla moglie accanto e col cembalo in mano.

Sulla testa, quasi per ironia, nella pietra forte pomiciata e attaccata dal tempo, si leggeva ancora scritto: «I signori otto proibiscono di vendere davanti alla chiesa, pena due o più tratti di fune - Editto 1620.

Sedani, imperterrito, faceva le vendette dei venditori di storie, di ciambelle, di frutta e di polli, che nella stampa di Jacopo Callot si vedono occupati a farsi slogare le ossa dai famigli del Bargello in mezzo a una folla curiosa e divertita.

Dolci tempi....

Alla prima ondata di contadini (quelli inginocchiati in fondo, vicino alle pile dell'acqua santa, il «loggione» del tempio insomma) Sedani capiva che era finita la messa e dava nel cembalo.

La folla cominciava a far cerchio, aspettando l'ottava e Sedani seguitava a scuotere i sonagli senza cantare.

L'estro prorompeva soltanto quando sotto i loggiati della Collegiata spuntava l'aristocrazia: Sua Eccellenza il Ministro, il signor commendatore, il signor avvocato!..

Allora Sedani gli dava sotto, commisurando la qualità e la virtuosità ampollosa delle ottave al censo, mai alle qualità morali del lusingato; questi veniva rincorso, mentre se la svignava a orecchi bassi, sotto la pioggia dirotta degli epiteti adulatori di Sedani, dalla moglie di lui, e finiva, disperato, col far cascare nel piattino metallico, che quella gli cacciava davanti agli occhi, la classica palanca di rame.

Sedani, del resto, era irresistibile.

Una volta si ficcò in testa di fare affacciare, buscando naturalmente il suo bravo soldino, gente da una casa, di quelle come ce ne son tante in campagna, dove le finestre stanno sempre chiuse, come se fossero le finestre delle case dei morti.

Case misteriose, come certa gente che io vo descrivendo, case le quali mettono addosso una matta curiosità di sapere chi ci stia dentro e quel che facciano i loro invisibili abitatori.

La serva, se esiste, si leva la mattina innanzi l'alba e spolvera le persiane accostate.

Poi va a far la spesa nel momento buono del solleone, d'estate, o quando piove, l'inverno, e la porta di strada si socchiude soltanto, un attimo, per lasciar passare una mano che agguanta la bombola del latte o il fagotto della ciccia. Tutto il resto vien fatto dentro, (forno in casa, provviste di grano, farina, olio e via dicendo) e appena appena un po' d'odore di pane caldo o di soffritto tradisce all'esterno la presenza nell'interno di esseri sconosciuti che mangiano, bevono e veston panni come noi.

Dunque Sedani un giorno si mise davanti alle persiane celesti ermeticamente chiuse di una di codeste case e colla testa, pelata, tonda come una palla da biliardo, rossa come una bilia della carambola francese, e con due baffi ispidi attaccati (proprio come se fosse di legno o d'avorio dipinto uso testa del Saracino nei burattini a mano) esposta alla canicola che piombava in pieno sull'ora del mezzogiorno avvampante, s'appoggiò al muro, le scarpe nella polvere, e dètte nel cembalo.

La donna di Sedani, accoccolata, sbocconcellando una mela raccolta sul margine d'un campo per via, aspettava, stoicamente.

La prima ottava sgorgò con trilli fioriture e variazioni inaudite.

S'indovinavano, dietro le gelosie delle finestre delle case finitime i nasi di persone curiose le quali godevano la novità dello spettacolo.

E nessuno buttava una palanca perchè avevano capito che Sedani mirava a fare aprire le finestre ermetiche.

La seconda ottava salì contro il cielo di rame infocato, come lo zampillo d'una vasca e ricadde infrangendo il ritornello a bocca baciata sulle persiane chiuse.

I sonagli dei cembalo divennero frenetici.

La donna di Sedani accoccolata contro il muro (senz'ombra neppur di se stessa da come il sole era a picco) buttò via il torsolo e tirò fuori il piattino.

Sedani scagliò la terza ottava.

Nell'attesa, l'aria tremolava di calore con tanta forza che pareva d'udirla alitare.

Sedani avventò la quarta, la quinta ottava, una dietro l'altra.

Il paesaggio tropicale cominciava ad animarsi.

La gara, il duello dell'uomo contro le persiane celesti, impassibili, assumevano l'aspetto di tragedia.

Così forse, nell'Evo medio, le popolazioni, vassalle, sparse nei casolari valligiani, assistevano alla tenzone del trovatore il quale, sotto le raffiche di neve, tentava di riscaldare coll'amoroso canto il cuore del feudatario tiranno e vincere l'ostilità del ponte levatoio.

Un cane randagio s'affacciò, cauto, alla stradella, lasciò che Sedani finisse l'ottava e poi a piè zoppo, la coda fra le gambe si buttò giù per la china.

Un calzolaio uscì fuori, con la forma in pugno, il maniscalco si fece sull'uscio appoggiato al manico del grande martello ancora fervido delle suscitate scintille.

Sedani attaccò la sesta ottava e sua moglie stessa, trascinata dall'ansia, si alzò, fissando la facciata silenziosa avvampata di sole

Ormai s'era sparsa la voce; funzionava un vero totalizzatore spirituale fra i borghigiani i quali, fra di loro, scommettevano: Aprono.... Non aprono.... Sedani è tenace.... quegli altri son duri....

E via dicendo.

Ma quando l'ultimo ritornello dell'ultima ottava zampillò nel sole, allora si sentì veramente il silenzio di quell'attesa spasmodica, silenzio che s'intensificò poi che anche l'eco si spense dell'ultima parola che Sedani tenne. come uno di quei tenori cari al lubbione, per un tempo prodigioso, mediante una superba corona tremolante che fece venir le lagrime alla generosa compagna di poesia e di sbornie del fantasioso menestrello.

In verità la trovata dell'improvisatore girovago fra stata sublime, e mi rincresce che forse i soli toscani potranno apprezzarne la colorita bellezza.

Sedani, dunque, con un di quei lampi di genio che anche ai poeti di razza non splendono due volte nella vita, così aveva terminata l'ottava nella quale scongiurava le avare persiane, a spalancare le celesti mascelle:

/* che s'i' cantassi a una macìa di sassi una chiocciolina la vedrei affacciassi! */

Il popolo, giudice infallibile, sentì la profonda bellezza dell'evidentissima immagine, e sotto il cielo azzurro un lungo applauso scrosciò, al quale s'aggiunse subito, da qualche stalla invisibile, il raglio beffardo di un ciuco.

Ma, oh! prodigio! adagio, adagio, la porta della casa misteriosa si socchiuse e, dalla fessura, una mano allungò al cantore un bicchiere di vino.

Sedani era digiuno, ma la gioia della vittoria non gli permetteva di sofisticare sul premio.

Bevve metà del vino, passò il resto alla moglie, poi forbendo col rovescio della mano i baffi di capecchio, restituì il bicchiere e discese in paese, scuotendo il cembalo, acclamato come un trionfatore.

Oggi Sedani è morto. Al suo posto c'è invece Barabba.

Piccino, segaligno, bruciato, anzi cotto dal sole come una statua di scavo, Barabba, accompagnato dal figlio, improvvisa nelle osterie e vende le storie alle fiere e la domenica all'uscita della messa grande.

I contadini gli si affollano intorno, vaghi di novelle oggi (che nulla più hanno da imparare....) come mille anni or sono.

Egli commenta ingenuamente: La nuova storia signori, s'intitola: Inferno, Purgatorio e Paradiso....

«Il Paradiso sarebbe quando uno è giovanotto e libero, il Purgatorio quando si mette a fare all'amore, e l'Inferno appena s'è sposato....»

Il popolo va in brodo di giuggiole; ha riconosciuto il suo tormento in quelle poche parole banali, come il pubblico, a teatro, riconosce il proprio in certi lavori drammatici o comici.

E applaudisce.

Umanità!

Barabba continua: La nuova storia, signori!

Tutti la comprano.... Ma perchè è sempre la stessa, da mille anni ad oggi.

IL ROSPO

- Sai - disse mentre appendeva il cappello all'attaccapanni, il professor Luciano alla moglie, che gli era corsa incontro col bambino in collo non appena aveva sentito l'armeggio della chiave nella toppa - sai, credo che, finalmente, mi sia capitata una piccola fortuna....

- Sarebbe l'ora! - rispose la sora Luisa e, tutta contenta, precedè il marito in salotto da pranzo e girò la chiavetta, rallegrando, d'un bianco fiotto di luce elettrica, la nudità della loro casuccia.

Perchè il professor Luciano e sua moglie Luisa erano tanto poveri; molto più di quello che dimostrassero per un sentimento di dignità, squisito, quasi, oserei dire.... altruistico.

Infatti al professor Luciano repugnava raccontare agli estranei come lo stipendio che gli fruttavano sei ore al giorno d'insegnamento non gli bastasse per mangiare, e come i guadagni ricavati dall'assidua collaborazione letteraria a giornali e riviste di qualche importanza non servissero a colmare lo sbilancio.

Gli repugnava, quasi che il confessare codesta miseria equivalesse ad insultare la Patria, la quale non si preoccupava, come doveva, delle intelligenze da cui viene sparso il buon seme destinato a far germogliare i futuri cittadini.

E non pensava, il povero professor Luciano che, mentre diceva a qualche tronfio arricchito o a qualche inconscio ricco autentico, d'esser contento della propria sorte e pago di bastare a se stesso, il tronfio arricchito o l'inconscio ricco sbirciavano con aria di compassione il colletto e i polsini di celluloide, da cui uscivano le mani smagrite con le vene calcinate e turchine: a quarant'anni!

La sora Luisa ne aveva trentadue, ma le privazioni e l'ansie per la creatura, patita di carni e di vestitini, specie in confronto di quella del calzolaio di sotto, le avevano incavato le guancie e già spruzzati di brina i capelli.

In codeste condizioni il bambino non poteva essere un fiore; la mamma cercava d'illudersi, ma anche ora, al lume spietato della luce elettrica, vedeva, con uno stringimento di cuore, la testolina, che nel crepuscolo le era parsa gentile e tondetta, oscillare come un fico passo sul gambo esile del collo floscio, guardava accorata, preparandosi a sentire quel che le avrebbe detto il marito, l'abitino usato e le labbra scolorite del povero piccolo.

Si misero a sedere. La tavola pareva si vergognasse a far vedere le estremità e le gambe, che scappavano fuori dalla tovaglia vinosa e stremenzita, come una persona vestita della sola camicia, e corta per di più!

La fruttiera era vuota e funzionava da cestino per il pane, il fiasco ammezzato e le posate eran di ferro.

Il professor Luciano si rivolse alla moglie:

- Indovina!

- L'editore ha accettato il tuo romanzo?

- Nemmen per idea! Purtroppo da me non voglion che critica; ho una camicia di Nesso e mi brucia addosso; ma ho trovato il commendator Leoni....

- Il critico del gran giornale? Quello tanto ricco?

- Sì; ero dal libraio Ferelli a cui avevo chiesto il piacere se mi faceva sfogliare il dizionario dei comuni toscani del Repetti che non ho mai potuto comprare, quando Leoni è entrato, tutto gioviale, e mi ha salutato, guardando quel che facevo di sopra alla mia spalla:

- Roba vecchia eh? - mi ha detto allegro.

- Ma c'è tutto; è, ancora oggi, un libro prezioso - ho risposto. Di costì siamo entrati a parlare di quel che facevo e lui mi ha suggerito: Perchè non propone cotesto lavoro all'editore Z.... di Milano? Paga bene e l'opera dovrebbe andare.

- Si figuri! - ho risposto commosso - ma come si fa? Se gli scrivo io, l'editore non mi risponde neppure....

- Faccia una cosa - ha soggiunto lui - io le fo un biglietto e lei va a Milano col suo manoscritto sotto il braccio.... Vedrà che combina. Ma non faccia l'ingenuo.... si faccia dare un bell'anticipo.

- A Milano?... tu? - esclamò la sora Luisa.

Le pareva una cosa così straordinaria, da farle domandar quasi se avesse inteso bene.

- A Milano, sì! Credi non sappia fare i miei affari? Mi hai preso per un pigmeo?

- Non dico questo... ma... dico bene... e i quattrini?

- I quattrini? cara mia, mi accorgo che è la stolta paura la quale m'ha impedito, fino ad oggi, di camminare.

- Paura di che?

- Ma.... di farmi avanti, di trovare un po' di denaro, a credito, per lavorare in pace a qualcosa di polso, di viaggiare, di muovermi, di procacciarmi delle aderenze.... le aderenze! ecco, mia cara, la molla di tutto il meccanismo. Se invece di te avessi sposato la figliuola del commendator Soleri, come voleva mio padre, a quest'ora....

- Mi hai sempre detto che non ti piaceva, e non credo tu sia poi tanto pentito....

- Tutt'altro che pentito! ma i risultati parlano chiaro; io, ad agire come ho agito, ho fatto bene; soltanto, mi son rovinato la posizione.

La sora Lucia, mortificata e in silenzio, andò in cucina, prese il tegame della zuppa e lo portò in tavola, ma il marito le chiese, sdegnato:

- O la zuppiera?

- Lo sai, faccio sempre così.... non s'ha che quella e se andasse rotta....

- Già! E se venisse gente, una visita?... bella figura ci si farebbe! io specialmente.

- Una visita a noi? Chi vuoi che ci venga? qualche scolaro, e tu lo ricevi in studio, la sora Amalia....

- Ma fammi il piacere! E se venisse il commendatore?

- Il commendatore? O non t'ha fatto il biglietto?

- Quanto sei ingenua! Ti pare che un uomo di quel genere presenti (pazienza una persona, ma un'opera!) senza cognizione di causa! Sicchè ho dovuto promettergli di mostrargli il lavoro, e siccome è parecchio voluminoso.....

- Vergine delle misericordie! Gli hai detto di venir qui? lui?

- Non solo, ma ha accettato e fissato.

La sora Luisa provò quel che si prova quando, per gioco, ci si mette davanti agli occhi un par di lenti convesse e si vede, improvvisamente, ogni cosa deformata e ingobbita.

A un tratto il salottino ove cenavano le apparve nella sua squallida realtà.

Le pareti scrostate, dipinte con lo stampino a insalatina, l'attacco della luce visibile e la lampadina avvitata in un vecchio lume a petrolio d'ottone attaccato con due catene al soffitto, la vetrina con pochi piatti bianchi e celesti e la famosa zuppiera nel centro, l'orologio a pendolo guasto, le seggiole scompagnate, parte di Vienna, co' buchi, e parte ricoperte d'una orrenda stoffa giallastra, e in un angolo il tavolino da lavoro con sopra un rospo modellato in terracotta, lieto ricordo d'una gita alla fiera dell'Impruneta.

Dopo cena Luciano si mise a fare dei castelli in aria e la moglie finì per assecondarlo, perchè, senza avere il coraggio di dirlo, cominciava, anche lei, a nutrire qualche speranza.

- È un uomo influente e se piglia a proteggere qualcuno non fa per celia; perchè lui agisce sempre per calcolo; ed è bene sia così; la vita è un *do ut des* e dai benefattori bisogna guardarsi. Se mi avvicina è segno che il commendatore ha delle mire su me, ha capito il mio valore. Lo sfrutterà; mi sfrutterà. Che importa? Non vorrà mica lanciarmi per il mio bel muso. Ho aspettato dieci anni, questa è la mia ora, bisogna seguire il precetto d'Orazio e agguantarla. Domani vo dal sarto e mi rivesto da capo a piedi.

- Luciano, non far pazzie!

- Vorresti che andassi a Milano come un pezzente?

- Non dico questo.... ma con che cosa pagherai il sarto?

- Toh! con l'anticipo che mi sborserà l'editore! Lo ha detto lui, lascia fare a lui.... vedrai, vedrai....

Il professore si levò, la mattina dopo, per tempo.

Da un amico si fece prestar la valigia, e si ordinò un *tout de même* sciccoso. Poi cominciò le pratiche per ottenere tre giorni di permesso.

- Vado e vengo.... (diceva tra sè) una volata! ma a Milano in ventiquattr'ore si fa tutto. Là si respira il foglio da mille!

La sora Luisa scoprì che la miseria non proibiva il buon gusto; nascose le seggiole gialle, lustrò la tavola da pranzo e nel mezzo ci mise il rospo, trovò due tendine e velò la vetrina, pulì il lume d'ottone e attaccò alla parete, nel posto del diploma di laurea del marito, la Madonna a fondo oro (in tricromia) che teneva in camera.

Ora il commendatore poteva venire.

E venne.

Si mostrò affabile, entusiasta della luminosità dello studio di Luciano che dava sopra certi vecchissimi orti, lavorò con lui un paio d'ore pigliando appunti, poi si trattenne in salotto a discorrere con il professore e la signora.

I ricchi, perchè il commendatore era ricco, hanno la specialità di vedere una quantità di cose.

Il commendatore dette dei suggerimenti preziosi per la trasformazione della casa, quando avrebbero riscosso le prime rate dall'editore.

Bastava far dipingere le pareti tutte d'un colore unito, sostituire al lume una lampada con l'*abat-jour* e alle seggiole di Vienna quattro seggioloni, che potevano comprare anche usati, intonati col colore a noce della tavola.

Avrebbero visto! un figurone!

Prima di andar via, prese in mano il rospo di terracotta e ne tessè molte lodi.

- L'abbiamo pagato un franco, all'Impruneta, sette anni fa.

- Bene! questo è un oggetto grazioso, è originale! Ma qui non intona, ci vorrebbe un ambiente diverso, dove questo oggetto, che sembra cinese, fosse in concorrenza con altri ninnoli.... diventerebbe d'una eleganza pazza. Qui non si vede, viene ammazzato, scompare....

- Se osassi offrirglielo....

- Ma le pare! professore!...

- Non faccia complimenti.... ho occasione di ritornare all'Impruneta.... si serva pure commendatore.... si serva.... lo accetti per ricordo, se no me ne offendo....

- Accetterò per non parere scortese.... signora! Professore!... Non si disturbino.... ci vedo benone.... arrivederli a presto.... grazie....

E sparì.

- Com'è affabile - disse Luciano, - Chi penserebbe che è tanto ricco?

- Ma, o il biglietto di presentazione?

- Che dici? me lo manderà, certamente.

- Dovevi ricordarglielo, almeno....

- Sei matta? sarebbe parso che io volessi, subito, il contraccambio di quel regaluccio!

Il permesso di tre giorni a Luciano venne, ma non venne il biglietto.

Il professore tornò a casa del critico. Era partito, in missione, per conto del Governo, all'estero.

Un anno dopo uscì un romanzo del critico e il direttore della Rivista lo mandò a Luciano, pregandolo a fargli una recensione coi fiocchi.

Il pover'uomo cominciò a leggere e allibì. La vicenda si svolgeva esattamente nei luoghi e nei tempi da lui con tanta fatica studiati su documenti e libri vecchi; gli appunti presi dall'illustre critico gli avevano giovato a meraviglia!

L'amico riebbe la valigia, il sarto citò Luciano e il grande editore (al quale si rivolse direttamente) gli rispose pigliando la cosa in molta considerazione, ma pregandolo a pazientare almeno due anni a cagione della crisi libraria.

La sora Luisa, una sera in cui, per divertire il bambino, s'era fermata ad ammirare la vetrina multicolore d'un chincagliere di lusso, ci vide in bella mostra, sopra un vassoio di finta lacca della Cina, un rospo di terracotta dell'Impruneta con attaccato al collo il cartellino del prezzo: cinquanta lire!

Giusto la cifra che mancava a Luciano per finir di pagare il vestito.

I NON DESIDERATI

Eugenia sentì guaiolare a lungo il cane da caccia, il quale, evidentemente, aveva avuto un calcio da qualcheduno, in cucina, e si compresse il cuore, che le doleva, con le due mani pallide.

Stava facendo pulizia alla camera della cognata: eppure non uno scatto d'ira la prendeva, non la velleità di scaraventare ed infrangere, sul pavimento di legno tirato a lucido, uno dei mille ninnoli di vetro o di *biscuit* che gremivano i cassettoni, le mensole e le *toilettes* rendendo difficilissimo e sommamente pericoloso il toglier via la polvere col cencio e con la spazzola di padule.

Ma Eugenia era buona e ora, dopo la sventura, era divenuta anche più remissiva, anche più umile, più curva.

Tutta chiusa nel suo modesto abito di lanetta, nero, da lutto rigoroso, coi capelli ancora disfatti, magnifici, giù per il collo e le spalle, si muoveva per gli anditi e per le camere da letto e per le stanze severe di quella immensa casa patriarcale, come un automa.

Suo marito, il figliolo minore del sor Giuseppe, ricco proprietario e fittavolo, era stato, da vivo, uno spirito indipendente e invece di seguire i consigli del babbo e del fratello maggiore i quali volevano mandarlo a commerciar vini in città e accasarlo con una zitella loro vicina, che gli avrebbe portato tanto capitale bastevole per il primo impianto, s'era intestato di fare il pittore, ed aveva sposato quell'orfana (orfana di un modesto impiegato) con cui s'era messo a battere la *bohème* sul serio, finchè, non si sa come, dopo aver patito la fame ed essersi trovati a fare Dio sa quante brutte figure, la vittoria di un certo concorso lo slanciava di colpo insegnante dell'Accademia, assicurandogli almeno il pane....

Ma sì! dopo un anno il tifo se l'era portato via, e la vedova aveva dovuto presentarsi alla fattoria del sor Giuseppe, coll'abito, ritinto a lutto, che indossava nel momento della morte dell'artista, con un fascio di giornali e di riviste dove si diceva come, se fosse vissuto, avrebbe fatto un'immensa fortuna, e un canino da caccia.

Il sor Giuseppe, aveva ritirato in casa, subito dopo le nozze, il figliolo maggiore, destinato ad accudire alla azienda, sostituire il genitore e continuarne l'opera, e sua moglie aveva preso senz'altro le redini di ogni cosa, affibbiandosi alla cintura del grembiale il mazzo di chiavi della signora Assunta, buon'anima, e rificcando in un calcetto la zia Eufrasia che ci piangeva di rabbia.

Figuriamoci che cosa avrà pensato, in cuor suo, la pomposa Anna quando il sor Giuseppe le presentò la grama Eugenia!

Lì per lì, con un sorriso da tigre, l'abbracciò forte, la baciò sulle guancie e si fece spuntare una lacrimetta di tra i peli delle ciglia, ma non potè stare che non domandasse, con quel suo accento mellifluo e falsamente cortese, capace di trapassarti il cuore come uno stile:

- Brava! Anche il cane hai portato? Se ne sentiva proprio il bisogno! Giusto siam senza!

Eugenia, facendosi più pallida del solito, rispose a mezza voce:

- Che cosa vuoi, non s'è avuto figliuoli, e questa bestiola rappresenta il ricordo vivo e più caro di lui....

- Anzi! carino! carino tanto!

E Anna allungava con ritegno la mano per fare una carezza alla bestia, la quale, con quell'intuito infallibile che hanno gli animali domestici, ma specialmente i cani, rizzò il pelo rugliando.

- Buono Tago.... cuccia.... giù.

- Vedremo - concluse il marito di Anna buttando via una boccata di fumo dalla pipa - se è buono da caccia. In tal caso si ha un ricordo del povero fratello e un'utilità....

Ma se Tago non fosse andato dalla zia Eufrasia, alla quale fino dal primo momento prodigò le maggiori carezze e le feste più liete, chi avrebbe pensato a dare un boccone di pane alla povera bestia?

Pensavano invece a dargli dei calci, ad ogni proposito, e per Eugenia, che udiva i *«caì, caì»* laceranti dell'animale, era come se quei calci fossero stati dati a lei.

In realtà, intenzionalmente, specie se partivano da Anna, quelle pedate venivano misurate ad Eugenia, e, nel desiderio di levarsi di torno il cane, si rivelava tutto il desiderio di togliersi di torno quell'altra.

E «quell'altra», come ormai la chiamavano tutti, fuor che la sora Eufrasia e il sor Giuseppe, non sapeva a che cosa attribuire tanta ostilità.

Si faceva piccina, piccina, obbediva come una schiava, si riserbava tutti gli uffici più umili, non rispondeva mai verbo, mangiava, pochino, veh! quel che le davano, non beveva vino, non chiedeva i dolci, se c'erano in tavola....

Il sor Giuseppe le diceva: - -Su! figliola! mangia, bevi! e togliti di dosso cotesta malinconia! Ormai si sa, quello che è stato è stato.... Eppoi qui c'è anche la tua parte e nessuno te la toccherà, stà sicura!

L'Anna faceva il viso verde dalla gran bile a que' discorsi, e dava, di sotto alla tavola, di gran pedate negli stinchi al marito perchè capisse.

Eppoi se ne lavava la bocca per tutto il vicinato.

- Non le credete con quell'aria di santa! È un'ipocrita! Il suo marito era troppo buono, si sa.... Gli artisti.... ma gli appicciicarono un ferro guasto a quel pover'uomo! Se ve lo dico io! Non lo vedete?

Non è stata capace neppure a mettere al mondo una creatura!

- Oh! per codesto, - rispose una comare di quelle che non hanno peli sulla lingua e, come suol dirsi, comprerebbero le questioni - per codesto, stia zitta perchè non è stata capace neppur lei!

L'Anna si morse le labbra e non disse altro, ma quell'estate il marito la portò a Salsomaggiore.

E per quindici giorni nell'immenso edificio della fattoria del sor Giuseppe tutto fu quiete e tranquillità; la signora Eufrasia accudiva alla cucina, al pollaio, ai contadini; la casa, sotto le dita leggere di Eugenia, lustrava come uno specchio e Tago dormiva pacifico, acciambellato sotto il pagliaio.

In quei pomeriggi torpidi, mentre le cicale si sbatacchiavano disperatamente sui pioppi e le strade bianche fra le siepi polverose parevano colate di lava incandescente, Eugenia non sapeva resistere all'incubo della grande casa fresca e silenziosa.

La zia dormiva, distesa quant'era lunga nel gran letto a colonne, dal baldacchino sfrangiato, colla bocca aperta, gli occhi chiusi, le mani ossute e diafane incrociate sul ventre piatto, di ragazza invecchiata, e pareva morta.

Allora Eugenia, con un moto di ribrezzo, scendeva in cerca di luce, andava sull'aia, abbandonata anche quella perchè i contadini riposavano all'ombra cerulea dei gelsi o sull'erba dei fossati e, non trovando nessuno con cui barattar due parole, chiamava il cane.

Tago si scuoteva nel sonno, scodinzolando, senza decidersi a sgranchirsi e la padrona gli si metteva vicino sussurrandogli in un orecchio tante cose dolci e dolenti.

Gli parlava del marito, ne ricordava le abitudini, ne decantava la bontà.

Seduta in terra, con le spalle appoggiate al pagliaio, accarezzava la testa morbida del cane che, ogni tanto, sollevava dalla maschera nera che glielo copriva come una toppa, un occhio rossastro e mugolava assentendo.

Quando gli sposi tornarono, la florida Anna ebbe un lampo di dispetto nelle pupille piccole, sotto le palpebre senza ciglia affondate nel lardo del viso.

Aveva sperato di poter trovare da ridir qualche cosa, e invece trovava tutto assestato e lustro, come se non si fosse mai mossa da casa o ci avesse lasciato un esercito di servitori!

Ma la sua rabbia non ebbe più limiti quando udì il marito lodare la cognata per la cura che aveva avuto delle stanze durante la sua assenza.

Due mattine dopo, mentre Eugenia, facendo le spese del desinare sulla piazza del paese, passava davanti alla farmacia, si sentì chiamare dallo speziale che era sulla porta e si fermò.

- Desidera me?

- Per l'appunto. Ieri sera ho acconsentito a una richiesta giustissima della signora Anna.... Ma poi m'è saltato in testa uno scrupolo.... lei mi capisce.... tante volte una distrazione, una mancanza di riguardo.... le disgrazie fan presto a succedere e non vorrei andarci di mezzo....

Eugenia che non capiva una parola su tre mormorò, insospettita, una frase generica:

- Allude forse?...

- Sì.... alla stricnina che mi chiese iersera la signora per disperdere i topi.... S'è ricordata, non è vero, di avvertire in famiglia?...

Eugenia ebbe un tuffo al sangue, ma si ricompose, con uno sforzo, e rispose fiocamente:

- Diamine!

- Posso star tranquillo?

- S'immagini!

- Conto su lei!

- Ci può contare. Arrivederlo.

E corse, quanto poteva correre, su, verso casa.

In mezzo all'aia giaceva, morto stecchito, il gatto dei contadini. Allora si precipitò nell'orto, girò dietro i pagliai, tornò sotto il portico, chiamando affannosamente: Tago! Tago! Tago! Dove sei?

Stava per abbandonarsi alla disperazione, quando la bestia le corse incontro scodinzolando, saltandole al collo, cercando di leccarle la faccia lacrimosa....

E alla donna non parve irriverente il confronto fra quella gioia del cane, e quella del marito, quando tornava la sera, stanco e impolverato, dall'aver dipinto all'aperto, e saliti i gradini della scala, due a due, e correva incontro ad Eugenia, gridando d'allegrezza, come un fanciullo, e l'abbracciava, e la baciava, mugolando quelle piccole, innumerevoli parole senza senso, alle quali gli amanti sanno trovare significati così profondi e reconditi!

Anche il cane tornava da una passeggiata.... L'aveva portato con sè il sor Giuseppe, e la sera, a tavola, chiamò Tago e, buttandogli un osso con un pezzo di lesso attaccato, disse che era una gran brava bestiola, obbediente, «umano» e puntava i coniglioli senza strozzarli.

Poi, mutando discorso: È morto il «Bigio»... ci devono essere, sparse, delle polpette; domani me ne informerò, e intanto, per questa volta, Tago, dormirà in casa.

Anna diventò livida, ma Eugenia, nello sguardo bieco che la cognata gettò alla bestia, intuì la sentenza del cane.

E quella notte non dormì. Fino all'alba s'avvolse in tristi pensieri e le pareva di vedere il cane minacciato da pericoli misteriosi, le pareva di stare ad aspettarlo, come il marito, ed egli non tornava....

Ma era il cane o era il marito che ella attendeva? A un tratto, svegliandosi a forza dall'incubo, comprese che il cane era l'ultimo anello della catena ideale di ricordi per la quale ancora il defunto viveva accanto a lei, e, subito, lo spavento la colse di vedere infrangersi la catena e il ricordo allontanarsi, iniziare quel lento viaggio, lungo le interminabili serie di archi neri degli anni, mutamente, nell'ombra, risalire il cammino misterioso della dimenticanza, dove, ad ogni passo del caro fantasma che dilegua, cala una cortina di nebbia....

L'*Ave Maria* suonava nel cielo violetto, ed Eugenia, a cui l'angoscia diveniva intollerabile, s'alzò e cominciò a vestirsi, febbrilmente.

Radunò in un fagotto i suoi pochi cenci, vi cacciò dentro il ritratto di Enrico, annodò le cocche, se le infilò nel braccio, poi, a tentoni, traversò l'andito e il salotto e scese in cucina.

Placò, a furia di carezze, le smanie di Tago che guaiolava dalla gioia, aprì la porta, respirando l'aria fresca della mattina con un senso di liberazione, uscì fuori, all'aperto, e prese la via maestra, mentre il cane correva su e giù, scodinzolando e abbaiando.

Dietro i monti celesti, il cielo d'oro sfumava adagio, in cobalto, e l'ultima stella impallidiva a vista d'occhio, mentre le chiome degli olivi si agitavano lievemente in attesa del sole.

La strada pareva un ruscello color di rosa.

Dove andava, Eugenia? Che cosa sarebbe stato di lei? Il sor Giuseppe non avrebbe mandato gente a riprenderla col cavallo?

In quel momento non pensava, non poteva pensare a nulla.

Eugenia camminava, libera, soavemente, attraverso al mondo deserto; le pareva che l'ombra di Enrico procedesse al suo fianco. Era dopo tanto tempo, felice.